LES PETITS SECRETS
DU MAGNÉTISME ET DE L'HYPNOTISME
DÉVOILÉS

LES PETITS SECRETS

DU

MAGNÉTISME ET DE L'HYPNOTISME

DÉVOILÉS

SOMNAMBULISME, SUGGESTION, TRANSMISSION DE LA PENSÉE

TÉLÉPATHIE, TABLES TOURNANTES

ÉVOCATION DES ESPRITS, ÉCRITURE SPIRITE, APPARITIONS, ETC.

D'après les travaux des plus célèbres Médiums

OUVRAGE ORNÉ DE NOMBREUSES GRAVURES

PARIS

GARNIER FRÈRES, LIBRAIRES-ÉDITEURS

6, RUE DES SAINTS-PÈRES, 6

1912

LES PETITS SECRETS DU MAGNÉTISME

LE MAGNÉTISME

Qu'entend-on par Magnétisme ?

C'est cette force encore peu connue qui se trouve partout autour de nous et qui produit sur l'homme, l'animal, et même les plantes, des effets semblables à ceux produits par l'aimant sur les métaux, tels que le fer, l'acier, etc.

Cependant, sous d'autres noms, cette force fut connue de toute l'antiquité.

Les livres sacrés des Hindous sont remplis d'exemples sur ce sujet : des malades étaient guéris par le regard, la parole, l'imposition des mains et certains gestes auxquels, de nos jours, on donne le nom de passes.

Les Chinois, dans leurs vieilles légendes, racontent les miracles des saints du bouddhisme ou du confucianisme.

Les Chaldéens, dans leur théogonie, donnent de nombreuses preuves de cures magnétiques.

De la Bible, on pourrait tirer un nombre infini d'exemples à l'appui de cette assertion.

Dans les monuments en ruines de l'Égypte, on retrouve, à chaque instant, des groupes représentant des magnétiseurs dans l'exercice de leurs fonctions.

Partout où s'affirma l'activité de l'homme, en Gaule, en Grèce, au Mexique, nous trouvons des traditions qui attestent d'une façon irréfutable que le magnétisme y fut pratiqué de tout temps.

Joseph Balsamo, dit comte de Cagliostro.

Presque de nos jours, nous trouvons dans Joseph Balsamo, dit comte de Cagliostro, un magnétiseur de premier ordre. Cet illustre charlatan donna des preuves irréfutables de la vérité des maximes qu'il annonçait. En voici une, prise au hasard et qui, certainement, intéressera le lecteur.

Entouré de nombreux auditeurs, il fit venir devant eux un petit enfant, fils d'un grand seigneur ; près d'une table, sur laquelle était placée une carafe d'eau pure, et derrière la carafe quelques bougies allumées ; il le fit mettre à genoux. Autour de lui, il fit un exorcisme et lui imposa la main sur la tête ; puis, tous deux, ils adressèrent à Dieu leur prière pour la réussite de leur expérience.

Fig. 1. — Joseph Balsamo dit comte de Cagliostro.

— Regarde sous la carafe, commanda à l'enfant Cagliostro ; qu'y vois-tu ?

— Un jardin, s'écria le bambin.

Comprenant que Dieu le secourait, Cagliostro lui demanda la grâce de faire apparaître l'ange Michel devant les yeux de l'enfant.

FIG. 2. — Enfant voyant des tableaux.

— Je vois quelque chose de blanc, fit d'abord celui-ci ; puis, comme transporté de joie, il s'écria :

— Voilà que j'aperçois un enfant comme moi, qui me paraît avoir une figure angélique.

Il donna aussitôt, de sa vision, une description conforme à l'idée qu'on se fait des anges.

Cagliostro et l'assemblée restèrent interdits et attribuèrent ce succès à la grâce de Dieu qu'il n'avait jamais invoqué en vain.

Le père de l'enfant désira alors que son fils, avec le secours de la carafe, pût voir ce que faisait en ce moment sa fille aînée. L'enfant, de nouveau exorcisé, et ayant les mains de Cagliostro imposées sur sa tête, et les prières habituelles ayant été faites, l'enfant regarda dans la carafe et dit que sa sœur descendait en ce moment l'escalier et embrassait un autre de ses frères.

Ce frère étant éloigné de plusieurs centaines de milles du lieu habité par sa sœur, cela parut impossible aux assistants.

Cagliostro, sans se déconcerter, conseilla d'envoyer à la campagne pour vérifier le fait. On envoya, en effet, chez la sœur, et l'on apprit que le jeune homme embrassé par elle venait d'arriver des pays étrangers.

Alors, des hommages furent prodigués à Cagliostro qui continua à tenir des assemblées et à émerveiller ceux qui lui faisaient si bonne escorte.

Moyens de provoquer le sommeil magnétique

Une lettre, venant du Caire, en 1860, nous initie sur les procédés que les sorciers d'Égypte emploient pour provoquer le sommeil magnétique.

1° Ils font usage, le plus souvent, d'une assiette en faïence, parfaitement blanche. Au centre de cette assiette, ils dessinent à l'encre deux triangles croisés l'un dans l'autre et remplissent le vide de cette figure géométrique par des mots cabalistiques, afin de concentrer le regard sur un point limité ; puis, afin d'augmenter la clarté de la surface de l'assiette, ils y versent un peu d'huile.

D'ordinaire, pour leurs expériences, ils choisissent un sujet et lui font fixer le centre du double triangle croisé. Bientôt, quatre ou cinq minutes après, le sujet commence à voir au milieu de l'assiette un point noir ; ce même point grandit peu à peu, change de forme, se transforme enfin en différentes apparitions qui voltigent devant le sujet.

Arrivé à ce point d'hallucination, le sujet acquiert souvent une lucidité somnambulique aussi extraordinaire que celle des magnétisés.

De la polarité

Un corps polarisé est celui en lequel les forces, et par suite les molécules matérielles qui obéissent à ces forces, sont orientées en un certain sens déterminé. Mais pour bien faire comprendre l'état d'un corps polarisé, nous allons citer des exemples familiers.

Supposons que nous versions de l'eau du haut d'un plan incliné, cette eau coulera jusqu'au bas de ce plan ; le courant auquel elle donne naissance peut se comparer, par exemple, à un courant électrique.

Le point d'où l'eau s'écoule, ou la source, c'est la pile ou plutôt le pôle positif de la pile d'où part le courant électrique.

Le pôle positif est donc celui où la pression est plus considérable ; le pôle négatif est celui où cette pression est moins forte.

Le corps humain étant le siège de phénomènes se réduisant à une simple question d'équilibre, c'est-à-dire au jeu des forces d'action et de réaction, il ne peut manquer d'être polarisé.

De nos jours, de Reichembach, qui fut le premier à s'occuper de polarité, s'en fiait aux impressions accusées par ses sensitifs.

Il prenait des sujets affligés normalement d'une

hyperesthésie de la vue, il les plaçait tout éveil-
lés, et sans les magnétiser, dans une chambre
noire. Au bout d'un certain temps, ils voyaient
les objets environnants illuminés de lueurs, qui
sortaient d'eux-mêmes et qui, suivant leur polarité, étaient tantôt vagues, sans couleurs déterminées ou très nettes avec des couleurs bleues ou
d'un jaune rougeâtre.

Ces expériences sont très faciles à faire ; il ne
faut que de la patience pour réussir ; cependant
tout le monde n'est pas apte à percevoir ces lueurs.

Une loi de la physique nous enseigne que les
pôles de même nom (d'un aimant) se repoussent,
et les pôles de noms contraires s'attirent ; c'est
exactement ce qui se passe avec le magnétisme
physiologique : ainsi, lorsque vous présentez la
main droite devant la poitrine ou le front d'un
sujet, il est repoussé ; si vous lui placez cette main
droite entre les omoplates ou à la nuque, il est
attiré.

Avec la main gauche, les phénomènes se pro-
duiront en sens inverse, c'est-à-dire qu'il y a
attraction au front, et répulsion à la nuque.

Des résultats analogues seront obtenus si l'on
remplace la main par le pied, par une pile, par
une machine électrique ou même par un végétal
quelconque.

Cependant, l'attraction et la répulsion, très sen-
sibles entre aimants, ne sont qu'un phénomène

secondaire pour l'organisme humain. Lorsque, à l'une des parties du corps, on présente un objet de même polarité, il y a, en cette même partie, répulsion, sentiment de chaleur et de malaise, excitation nerveuse, congestion du sang, quelquefois visible par la rougeur de la peau, contracture du membre et, si l'action se prolonge, et que le sujet soit suffisamment sensible, production d'un état plus ou moins profond d'hypnose ; c'est ce qu'on appelle l'action *isonome*, c'est-à-dire exercée par des pôles de même nom. L'action *hétéronome* produite par des pôles de noms contraires, attire, donne une sensation de fraîcheur et de bien-être qui calme et détend les nerfs, régularise et ralentit le cours du sang et produit enfin dans l'organisme un relâchement qui pourrait aller jusqu'à la paralysie.

Donc, suivant qu'on agit plus ou moins longtemps par les pôles de mêmes noms ou de noms contraires, on produit l'effet désiré avec plus ou moins d'énergie.

Pour mettre en pratique ces curieuses expériences, on peut se servir des objets les plus communs, pourvu qu'on ait un sujet passable, ce qui se rencontre assez fréquemment dans la société.

Un expérimentateur de grand talent, M. Horace Pelletier, raconte avec esprit les aventures de Mlle X... et d'un navet.

Cette demoiselle habite un village et, comme

tous les paysans, elle est à la fois crédule et mé-
fiante. Or, pour elle, le magnétisme et l'hypnotisme ont un parfum vague de fruit défendu qui
effraye un peu sans être pour cela désagréable et
elle mourait d'envie et de peur d'assister à l'une
des sorcelleries de M. Pelletier.

Enfin, elle sut si bien s'y prendre, qu'un beau
jour elle se trouva dans le salon du vieillard qui,
de son fauteuil, lui souriait d'un air un peu go-
guenard.

La bonne, Victoire, épluchait tranquillement
les légumes pour le pot-au-feu de son maître.

Comme en se jouant, ce dernier prit un magni-
fique navet, puis mit entre les deux yeux de la
visiteuse, la tige coupée du légume. Mlle X... se
prit à rire ironiquement mais, au bout d'une
dizaine de minutes, elle dormait profondément.

Victoire, effarée, ne comprenant rien à ce
qu'elle voyait, regardait alternativement la dor-
meuse, le navet et son maître qui, très calme et
l'air satisfait, se contentait de retourner le navet
et de présenter le côté racine au même point du
front de Mlle X... qui se réveilla bientôt et partit
la tête basse, honteuse de n'avoir pu résister à
un navet. Victoire déclara qu'elle ne se servirait
pas, pour faire sa soupe, d'un légume qui endort
et éveille les gens sans qu'on sache pourquoi ni
comment.

M. Pelletier, lui, savait bien que c'était parce

FIG. 3. — Le docteur Pelletier, sa bonne et Mlle X...

que le côté de la tige est positif comme le front, tandis que le bout de la racine est négatif; dans le premier cas, il y avait donc action isonome (opposition des pôles du même nom) et dans le second cas, action hétéronome (opposition des pôles de noms contraires).

Le magnétisme et la médecine

Faire des expériences de magnétisme, si ce n'est pas dans le but de guérir ou au moins de soulager, c'est faire servir une des forces les plus puissantes de la nature à un but égoïste.

Le seul but du magnétisme doit être de guérir; mais pour y arriver, il faut que le magnétiseur soit sain d'esprit et de corps.

Si donc, le magnétiseur est moralement déséquilibré (et il l'est lorsqu'il a habituellement des pensées d'orgueil et d'égoïsme en lesquelles il se complaît), comment pourra-t-il espérer guérir un autre malade? Qu'un aveugle en conduise un autre, ils tomberont tous deux dans le fossé.

Les passions mauvaises, les tares morales ne sont pas les seuls inconvénients que peut présenter un magnétiseur; il peut, comme toute créature, être malade, fatigué, etc.; dans ce cas, non seulement il émet des vibrations malsaines, mais encore, il projette, sur le sujet qu'il veut soigner, des molécules matérielles arrachées de son propre corps et malades comme lui. Ces molécules

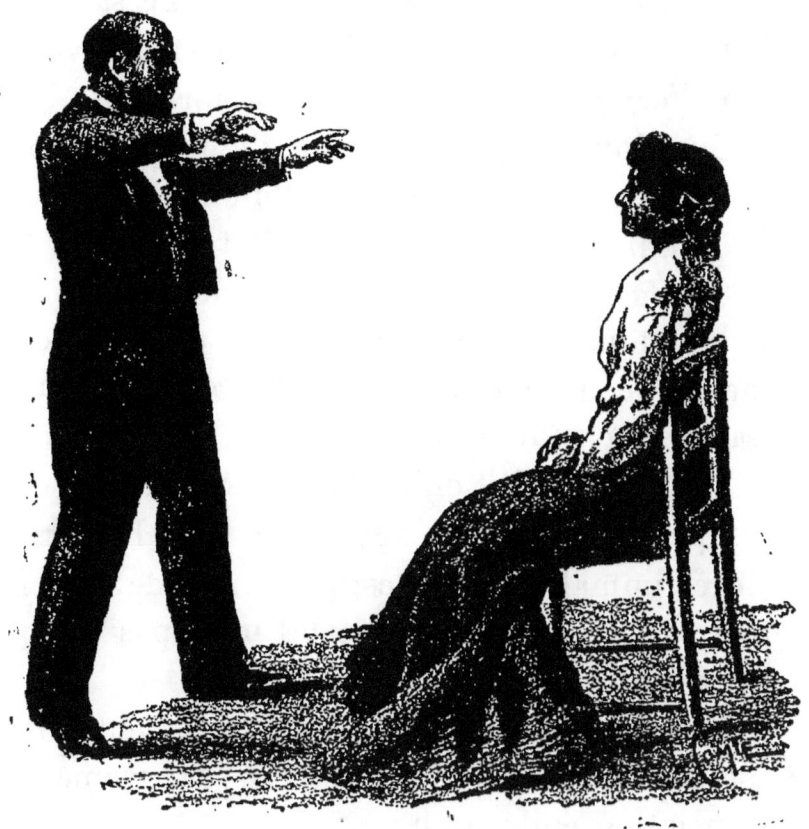

FIG. 4.

se mêlent naturellement au corps du sujet et l'empoisonnent plus ou moins.

La seconde condition que doit remplir un bon magnétiseur, c'est d'être organisé pour rayonner facilement. Pour produire ce résultat, deux choses sont indispensables : d'abord l'intensité des courants nerveux ; puis la bonne conductibilité de la peau pour la force nerveuse.

Il est bien certain que, si la peau n'est pas bonne conductrice, même avec des courants nerveux très intenses, l'extériorisation ne saurait se faire régulièrement car il ne pourrait y avoir de flux d'écoulement du fluide extériorisé.

Que doit-on entendre par fluide ? Est-ce un corps ? Est-ce une force ? Ni l'un ni l'autre.

Le fluide est la matière à l'état éthéré, il tient en même temps de la matière et de la force. L'état fluidique est donc caractérisé par les mouvements de translation moléculaire de la matière gazeuse ou radiante.

L'arc qui jaillit entre les deux charbons d'une lampe électrique est fluidique ; mais l'électricité (force immatérielle) n'est pas un fluide. Le charbon volatilisé (matière inerte) n'est pas non plus un fluide.

Par fluide magnétique, il faut donc entendre la matière à l'état radiant, et en mouvement de translation moléculaire.

Le magnétiseur transmettra donc le fluide magnétique dans de bonnes conditions, en agissant, en toute connaissance de son sujet et de l'effet qu'il veut obtenir ; car il n'est pas, comme beaucoup le croient, qu'un simple instrument ; il doit être médecin et, en outre, connaître parfaitement l'anatomie, la physiologie, la pathologie et l'hygiène. Il n'est pas indispensable, sans doute, qu'un magnétiseur possède un diplôme de la Faculté, mais il doit connaître la médecine et savoir la pratiquer avec méthode et sagacité.

Le magnétiseur doit enfin posséder certaines qualités morales qui lui sont absolument indispensables ; ce sont : le calme, la fermeté, la patience et le désintéressement.

Dans le traitement d'une maladie, il se produit souvent des crises plus ou moins graves qui revêtent parfois des caractères effrayants ; jamais un magnétiseur ne doit se laisser troubler par ces accidents, sous peine de compromettre la santé, la vie même de son malade. Il doit être à même de savoir à quelle espèce de crise il a affaire afin de la laisser se produire ou de l'arrêter.

Nous venons d'énumérer ce que nous appellerons les conditions immédiates pour magnétiser avec succès ; il en est d'autres encore qu'un magnétiseur de profession doit remplir : il doit dormir peu, dans un lit un peu dur, et pas trop couvert ; il doit, de préférence, s'orienter la tête au nord, les pieds au sud et dormir couché sur le côté droit, ce qui est la position la plus favorable pour être magnétisé par les courants qui circulent dans l'aimant terrestre ; on recouvre ainsi plus facilement les forces que l'on a dépensées dans la journée, et l'on dort plus tranquillement. La chambre doit être fraîche, sinon froide, avoir été largement aérée dans la journée, ne contenir aucun objet à odeur forte, tels que fleurs, par-

fums de toilette, animaux, préparations anatomi-
ques, malades, etc.

Avant de s'endormir, le magnétiseur ne doit
prendre aucun excitant : alcool, thé, café, ta-
bac, etc. Sa nourriture sera suffisante, non abondante ; il fera bien de s'en tenir au régime végé-
tarien, surtout au printemps et à l'automne ; sous
le climat de la France, il devra, l'hiver, absor-
ber une assez grande quantité d'huile, de beurre,
de graisse, ou même de viandes grasses, légères,
telles que celles des oiseaux de basse-cour. En
été, il devra prendre un peu de café ou de thé,
mais il évitera de trop boire, car la transpiration
s'accompagne d'une extériorisation fatigante. En
toute saison, il lui sera profitable de manger du
poisson, à cause de la petite quantité de phos-
phore contenue dans ces animaux et qui favorise
l'extériorisation. Les œufs, le lait, les fruits et
les légumes formeront la base de son alimenta-
tion ; cependant, il évitera les choux, les poireaux,
l'oignon, l'ail, l'échalote et tous les féculents et
n'usera jamais de condiments, d'épices, ni de
viandes fortes et d'une digestion difficile, par
exemple le bœuf et le porc.

Le bon magnétiseur devra être chaste et même
continent, car l'amour et les actes qu'il comporte
n'existent pas sans une extériorisation abondante
et violente qui le laisse sans force. Il évitera aussi
toutes les fatigues excessives, les émotions vives

et répétées ; mais il ne restera jamais inactif, alternant le travail intellectuel avec le travail corporel.

Cependant, malgré toutes les qualités que doit posséder le magnétiseur, il ne pourra pas guérir tous les malades qui se présenteront à lui ; il y aura toujours certaines infirmités contre lesquelles il ne pourra agir efficacement, mais surtout il y aura toujours des malades qui ne voudront pas guérir, qu'il faudrait soigner malgré eux ; le plus sage alors, et dans leur intérêt même, c'est de les laisser à leurs souffrances voulues jusqu'à ce que, fatigués, ils se décident enfin à faire ce qu'il faut.

Il est de toute nécessité que, lorsqu'un malade se présente à un magnétiseur, il ait en lui toute confiance et qu'il exécute ponctuellement toutes ses prescriptions, à l'exclusion de toute autre, car la plupart des remèdes de pharmacie s'opposent directement à l'effet du magnétisme.

Il faut, en outre, qu'il attende avec calme et persévérance les effets des magnétisations que l'on n'attend *jamais en vain*.

Des procédés magnétiques

Les procédés magnétiques comprennent : les impositions, les passes et le souffle, soit simples, soit doubles ou combinés.

Les impositions consistent à émettre un courant pénétrant par l'emploi sur le corps d'un conducteur en pointe ; par exemple le doigt ou les cinq doigts réunis en pointe. Les impositions avec la paume sont moins excitantes, dit-on.

Les passes consistent en une action exercée très lentement par la main promenée près de la surface de la peau ou sur les vêtements (car c'est l'un des grands avantages du magnétisme que, presque jamais le malade n'a besoin de se dévêtir).

Au moyen de passes longitudinales, on arrive à endormir assez facilement ; on réveille ensuite au moyen de passes transversales qu'on effectue vivement de droite à gauche et de gauche à droite. Les passes longitudinales doivent toujours se faire dans le même sens et, quand on est arrivé au bout de la passe, il faut secouer les doigts, fermer la main, l'éloigner un peu du corps du malade, remonter au point de départ et recommencer avec la même souplesse et la même lenteur.

Le souffle a une action très puissante. On souffle chaud ou froid. Le souffle chaud s'effectue pardessus les vêtements ; après une profonde inspiration, on souffle longuement comme si l'on voulait se chauffer les doigts. Il se produit alors des effets de condensation énergiques. Le souffle froid se produit en soufflant à distance, comme si l'on éteignait une bougie ; il dégage, très puissamment.

On pourrait encore comprendre dans les procédés magnétiques, celui émis par le regard ; l'œil, en effet, émet des effluves considérables, car il est bordé d'une couronne de cils, qui ne sont autres que des pointes par lesquelles s'échappe la force à l'état statique.

Il serait désirable que les magnétiseurs fissent des essais dans cette voie, ils en obtiendraient certainement des résultats intéressants et utilisables.

C'est, du reste, le procédé qu'emploie le serpent pour s'emparer de ses victimes.

A ce sujet, nous nous permettrons de raconter brièvement les hauts faits d'un lapin.

FIG. 5. — Le lapin et le serpent.

Au Jardin des Plantes se trouvait un lapin dont l'histoire était fort curieuse. Enlevé aux douceurs

de la vie champêtre par des mains cruelles, il avait été acheté dans un marché pour servir de pâture au boa constrictor du Jardin zoologique.

Il fut donc livré, comme tant d'autres, à la voracité du serpent qui, lorsqu'il sentit cette proie vivante, déroula lentement les longs replis de son corps onduleux puis fixa longuement celui qu'il se promettait d'engloutir.

Tout d'abord, la pauvre victime s'abandonna à la terreur noire, grelottant d'effroi ; mais il était d'une nature héroïque et sut résister courageusement à la fascination de son ennemi. Alors (le fait nous fut conté par un gardien), on le vit sauter dans la cage comme un furieux et se démener comme un démon pour défendre sa vie.

Le boa, surpris et rendu craintif par cette défense inattendue, céda la place à son adversaire et s'enroula, philosophe, dans les plis de sa chaude couverture... Ce jour-là, il se coucha sans souper.

En récompense de la vaillance du petit lapin, les témoins de ce fait lui laissèrent la vie qu'il passa doucement dans une tendre intimité avec la chienne d'un des gardiens.

Comme procédé magnétique, on peut encore citer le baquet de Mesmer, qui consiste en un simple baquet de bois, dans l'intérieur duquel sont rangées, en convergeant vers le centre, des bouteilles d'eau magnétisée, immergées dans une certaine quantité d'eau ; des tringles auxquelles

des cordes sont attachées partent du centre de ce
baquet. Les malades prennent entre leurs mains

Fig. 6. — Le baquet de Mesmer.

ces cordes et, faisant la chaîne, ils s'approchent
le plus possible les uns des autres, de manière à
faire un tout dans lequel le fluide magnétique
puisse circuler.

De Puységur magnétisa un orme planté sur la
place du village de Buzancy ; ses malades, autour
dè cet arbre, sur des bancs de pierre, enlaçaient
avec des cordes qui partaient de l'arbre, les parties souffrantes de leur corps et formaient la
chaîne en se tenant par les pouces ; des résultats
très importants furent obtenus par ce moyen car,
après un certain temps, des malades eurent le
bonheur de recouvrer la santé.

Fig. 7. — Le fameux arbre de Buzancy.

Moyen pour reconnaître
l'impressionnabilité d'un sujet

Ce moyen, appelé procédé neuroscopique, est tout nouvellement connu.

La personne que l'on veut soumettre à ce procédé est priée de se tenir debout devant nous. Nous plaçant alors derrière elle, nous lui appliquons légèrement les deux mains ouvertes sur les omoplates, le plus près possible de leur bord spinal, les doigts aboutissant vers le tiers interne de la fosse sus-épineuse.

Après trente ou quarante secondes d'imposition, le plus souvent, le patient, nullement prévenu des effets que nous voulons produire, éprouve une sensation de chaleur plus ou moins vive qui ne tarde pas à se propager dans tout le dos. D'autres fois, ce sont des frissons qu'il ressent dans la même région, avec une sorte de pesanteur sur les épaules, ou d'autres fois encore une impression de froid glacial.

Lorsque nous avons affaire à un sujet impressionnable, au moment même où nous retirons nos mains, il se sent fortement attiré en arrière, et cette attraction est souvent si soudaine qu'il en perd l'équilibre et que, s'il n'était soutenu, il tomberait tout d'une pièce.

Ce même phénomène d'attraction peut se produire aussi sans contact, lorsque, à une distance qui peut varier de quelques centimètres à plusieurs mètres, nous présentons nos mains vis-à-vis des omoplates.

Le sujet croit alors sentir la chaleur rayonnée de nos mains et chaque fois que nous nous déplaçons lentement en arrière, il a l'illusion que des fils le tirent dans notre direction.

Tous ces effets s'obtiennent, cela va sans dire, à travers les vêtements ; nul besoin, par conséquent, de faire déshabiller le sujet.

Ce procédé peut s'appliquer à toute personne sans qu'elle se doute de la source des effets qu'elle ressent et de l'intention de celui qui recherche son degré de sensibilité.

Du magnétisme animal

Par magnétisme animal, on entend un ensemble d'effets que produit sur une personne le sommeil somnambulique.

On le divise en trois périodes : la catalepsie, la léthargie et le somnambulisme ; c'est la classique sélection admise par les D⁰ J. Luys et Charcot.

La catalepsie, disent les élèves de Charcot, est la première manifestation de l'hypnotisme ; elle s'obtient par la fixation d'un objet brillant, par les vibrations d'un fort diapason, par un jet de lumière électrique ou par un appareil à projections optiques dirigé sur les yeux d'un sujet placé

Fig. 8. — Catalepsie.

dans l'obscurité ; bientôt ce dernier tombera en catalepsie ; ses membres seront comme pétrifiés, ses yeux seront grands ouverts ; dans cet état, il n'éprouvera aucune fatigue, quelles que soient les poses qu'on lui fera prendre. Il pourra être piqué, brûlé sans être impressionné.

Le cataleptique, entre les mains d'un opérateur, est un véritable automate. Il suffit, pour le réveiller, de lui souffler légèrement sur les yeux.

La léthargie diffère totalement de la catalepsie.

Un léthargique a les yeux fermés ou demi-clos, les globes convulsés en haut et en dedans, puis il paraît dormir profondément. Ses membres sont inertes et flasques ; on peut impunément les pincer, brûler et piquer profondément.

Rien n'est plus facile que de faire passer un cataleptique dans l'état léthargique. Il suffit de fermer les yeux du sujet et de maintenir les paupières closes

Pour obtenir le réveil, il faut souffler sur les yeux.

Le somnambulisme est l'état où le sujet est plus complètement en rapport avec le magnétiseur. Il peut se produire d'emblée, mais il est plutôt consécutif à la catalepsie et à la léthargie.

Il suffit, pour produire cet état, de répéter les manœuvres déjà indiquées ; on peut aussi l'obtenir par la suggestion.

En état de somnambulisme, la force musculaire du sujet est considérablement accrue.

Un homme vigoureux qui voudrait s'opposer à l'exécution d'un ordre donné, serait facilement renversé par un être faible.

Les sens de la vue, de l'ouïe et de l'odorat acquièrent une finesse extraordinaire.

Expérience du magnétisme sur des animaux

Nous trouvons dans Lafontaine [1] le récit d'expériences faites par lui sur plusieurs animaux et dont il a obtenu plein succès. Il parle entre autres d'un petit lévrier qu'il présenta au public, salle Valentino en 1843.

« Ce petit lévrier, dit-il, m'avait été donné depuis huit jours ; parmi les quinze cents personnes réunies dans la salle se trouvaient beaucoup d'incrédules et de malveillants.

« Aussi, dès les premières passes que je fis pour endormir mon sujet, ce fut une explosion de railleries et de sifflets.

« On cherchait à détourner son attention en l'appelant ; je le tenais sur mes genoux ; d'une main je lui prenais une patte, de l'autre, je faisais des passes de la tête au milieu du corps.

« Après quelques minutes, le plus grand silence régnait dans la salle, car on avait vu la tête du chien tomber de côté et s'endormir profondément.

« Je lui cataleptisai les pattes, je le piquai et il ne donna aucun signe de sensation. Je le jetai sur un fauteuil, il resta sans faire le plus petit mou-

1. *L'art de magnétiser*, chez Félix Alcan.

vement ; on lui tira un coup de pistolet à l'oreille, rien n'indiqua qu'il eût entendu ; plusieurs personnes vinrent lui enfoncer des épingles par tout le corps ; c'était un vrai cadavre.

« Réveillé par moi, il redevint vif, gai, comme auparavant, le nez en l'air, tournant la tête à chaque appel.

« Il fallut bien admettre qu'il ne pouvait pas y avoir eu de compérage et croire à l'action sur les animaux. »

Lafontaine affirme avoir agi de même sur des lézards, des chats, des lions ; nous ne pouvons pas douter de ses dires, puisque ses expériences eurent lieu devant beaucoup de témoins.

En 1889, le Dr Danilewski (de Karkoff) s'exprime ainsi dans l'intéressant numéro de la *Revue de l'Hypnotisme* :

« J'ai obtenu le sommeil magnétique chez les animaux les plus variés : poule, cobaye, serpent, crocodile, écrevisse, langouste, grenouille, etc.»

Constantin Balassa, en fixant dans les yeux, très énergiquement, le cheval le plus indompté, et, au moyen de douces frictions faites en croix sur le front de l'animal, parvenait à le tenir en arrêt et à le dominer sans violence. Le même procédé était employé par le dompteur Barey, sur les étalons les plus vicieux.

Expériences du magnétisme sur les végétaux

Par le magnétisme animal, on obtient des résultats vraiment extraordinaires en agissant sur des végétaux.

Nous allons le prouver par une expérience que tous, nous pouvons mettre en pratique, et dont un horticulteur a obtenu toute satisfaction.

Il essaya de faire l'application du magnétisme sur des végétaux, par exemple sur des rosiers.

Il prit six églantiers bien vivaces et y greffa six rosiers dont il laissa cinq sujets suivre leur marche naturelle :

Le sixième, sur lequel il voulait expérimenter, fut magnétisé pendant quelques minutes, chaque jour, matin et soir par l'horticulteur.

Cinq jours plus tard, le rosier qui avait subi l'application du magnétisme présentait déjà deux jets visibles à l'œil nu tandis que les cinq autres arrivaient à peine au même point, environ trois semaines après.

Deux jets de quarante centimètres de hauteur et surmontés d'une dizaine de boutons se montraient sur le premier peu de temps après.

A la même époque, les cinq rosiers non magnétisés ne possédaient aucun bouton sur des tiges encore fort courtes.

FIG. 9. — Les rosiers magnétisés.

Après avoir progressé d'une façon anormale chaque jour, le rosier mis en observation se mit à fleurir et l'on pouvait se rendre compte que son feuillage était le double en largeur que celui des autres rosiers ; cela en l'espace d'une dizaine de jours encore.

L'horticulteur rabattit à une douzaine de centimètres le sujet qui forma alors une tête composée de dix rameaux qui donnèrent, dans la suite, des roses splendides.

Les plants dont on ne s'était pas occupé n'avaient acquis dans le même temps qu'une hauteur d'une quinzaine de centimètres !

Ce résultat inespéré convainquit pleinement l'horticulteur que le magnétisme influence les plantes comme il le fait pour les êtres animés.

But du magnétisme

Le seul but du magnétisme devrait être de guérir, car faire des expériences de magnétisme quand ce n'est pas dans le but du bien commun, c'est faire servir à des intérêts égoïstes une des forces les plus puissantes de la nature et se préparer à soi-même de cruels déboires, car la nature se venge tôt ou tard de ceux qui la violentent sans nécessité, parce que les actions, les paroles, les pensées même d'un homme engendrent les vibrations qui vivent en l'atmosphère propre de cet homme. Si les vibrations engendrées sont de bonne nature, tout est bien pour celui qui les a émises ; si elles sont mauvaises, il récolte ce qu'il a semé, et c'est justice.

Cependant, il serait absurde de proclamer que le magnétisme est le remède à tous les maux, Mesmer n'a jamais eu cette pensée.

Le magnétisme peut apporter souvent de grands soulagements et même la guérison radicale d'un sujet, mais cela ne veut pas dire que la médecine ordinaire n'est plus qu'un vain mot et que les médecins doivent être rayés du nombre des savants et des bienfaiteurs de l'humanité.

Mesmer voulut démontrer que parfois le moyen le meilleur et le plus simple de contribuer au rétablissement de l'équilibre de notre corps n'est pas de modifier par l'ingestion de poisons plus ou moins violents la composition du corps inerte, mais bien d'agir directement sur les forces qui circulent dans ce corps et l'animent.

C'est par la pratique du magnétisme qu'on parvient à atteindre ce but.

FIG. 10 — Docteur Mesmer.

LE SOMNAMBULISME

DU SOMNAMBULISME

Qu'entend-on par somnambulisme ?

On entend par somnambulisme le sommeil factice provoqué par les manœuvres du magnétisme.

En cet état, le sujet, s'il ne perçoit que la voix seule de l'opérateur, peut être interrogé et l'on peut sur lui tenter des expériences. Si elles réussissent, il convient, malgré cela, de ne pas fatiguer au début le dormeur. L'être, dans cet état, peut être considéré comme un instrument d'une sensibilité extrême qu'un rien peut déranger, mais avec de la douceur et de la patience, on peut arriver à former un sujet remarquable.

« Le magnétisme, par le somnambulisme, dit du Potet, nous ouvre une porte sur l'inconnu. »

Les somnambules voient, cela est certain, sans le secours des yeux, ce phénomène s'appelle la double vue.

L'exemple qui suit prouvera mieux ce que nous avançons que toutes les explications possibles.

Une jeune hystérique se présenta à nous dans une de nos séances. Nous fîmes sur elle cette expérience. Étant endormie, nous collâmes sur ses yeux des bandes de papier gommé, de manière à obstruer complètement la vue. Sur ces bandes, nous plaçâmes des tampons de toile hydrophile maintenus par un épais bandeau.

Fig. 11. — Insensibilité du sujet. — Somnambulisme.

Nous présentâmes alors à la voyante un livre ouvert dans lequel elle lut couramment, mieux même qu'à l'état normal.

Une personne, en état de somnambulisme, a

aussi la faculté d'entendre des choses hors de la portée des sens normaux, par exemple ce qui se passe loin du lieu où elle se trouve, ou même de voir certains événements passés ou à venir.

Les somnambules de profession se servent, pour éviter de se tromper dans leurs dires, d'un guide, c'est-à-dire d'un objet ayant été en rapport avec le corps à explorer.

C'est ainsi qu'elles demandent aux maris qui vont les consulter sur les faits et gestes de leurs femmes, une mèche de cheveux de l'épouse soupçonnée, ou tout autre objet imprégné de ses émanations radiantes : vêtements portés sur la peau, bagues, boucles d'oreilles (surtout des perles), etc.

L'objet en question produit à la somnambule qui le tient en main une certaine impression ; le courant nerveux, influencé par cette impression, part à la recherche d'une impression identique et, quand il l'a trouvée, la somnambule est certaine d'être en contact, quoique à distance, avec la personne désignée. Pendant toute la durée de ce contact, la somnambule sait ce que fait, ce que dit, ce que pense la personne espionnée.

De la suggestion

Dans l'état de somnambulisme, le sujet est apte à recevoir des suggestions de toutes natures : les

premières et les plus simples que l'on emploie
sont celles-ci :

« Vous dormez, ouvrez les yeux, levez-vous et
marchez. »

Lorsque le sujet a obéi à quelques injonctions
de cette nature, on lui fait alors accroire qu'il a
changé de sexe, de profession, de personna-
lité.

Si c'est une femme, on la promène d'abord
dans un jardin rempli de fleurs et d'oiseaux; tout,
dans son attitude, sa démarche, répond au rôle
qui lui a été imposé.

Si l'on change ce sujet en capitaine de dragons,
il ne répond plus qu'à son nouveau nom. Il commande son absinthe, prononce les jurons qu'il
connaît et remplit la charge de sa fonction.

On voit encore, à la moindre injonction, le
patient grelotter de froid ou suer à grosses gout-
tes, bien que la température soit moyenne.

Le premier qui ait utilisé la pratique de la suggestion est, croyons-nous, l'abbé Faria. Des ver-
res d'eau sur lesquels il étendait les doigts,
devenaient, suivant son bon plaisir, des vins des
crus les plus recherchés.

La suggestion prend tant d'empire sur certains
sujets qu'on en a vus manger une pomme de terre
comme si c'était une poire délicieuse, une carotte,
comme si c'était une pêche.

Un morceau de papier, collé sur la peau d'un

FIG. 12. — Perversion du goût.

sujet, a produit, sous l'influence de la suggestion, les résultats matériels d'un vésicatoire.

Ces suggestions se produisent, au moment voulu, même malgré la volonté endormie du sujet, et à l'état de veille.

Il est des expériences que tout le monde peut tenter, sans danger et sans ironie, par exemple, faire passer le sujet par toutes les phases du rire, en modifiant ses ordres en conséquence.

L'extase religieuse fournit les plus gracieuses postures : c'est ainsi qu'un sujet montait au plus haut point de l'extase par des suggestions répétées : Vous entendez des musiques célestes ! Vous êtes parmi les anges, disait l'expérimentateur ! Déjà l'expression séraphique embellissait son visage, quand, au commandement : Vous voyez Dieu ! l'expression et l'attitude du sujet, qui semblait s'être immatérialisé, présentait une beauté céleste au-dessus de tout ce qu'aurait pu produire l'imitation la plus savante.

Qu'on suggère à une femme qu'elle voit un crapaud, un serpent, on la verra clouée à sa place par une grande frayeur ou s'enfuir précipitamment. Mais il ne faut pas abuser de ces expériences brutales ; il vaut toujours mieux provoquer des idées gaies.

Plusieurs docteurs voulant étudier les effets de l'imagination, obtinrent qu'un condamné à

FIG. 13. — Suggestion. Vue imaginaire d'un oiseau qui s'envole

FIG. 14. — Suggestion. Vue imaginaire d'un serpent.

FIG. 15.

mort (au supplice de la roue) périrait par l'épui-
sement du sang.

Après l'avoir conduit, les yeux bandés, vers la
salle où devait se faire cette épreuve, on lui pi-
qua les bras et les jambes de petits coups de
lancette, coups si faibles que le sang vint à peine
à la peau ; mais le patient, persuadé qu'on lui
avait ouvert les veines et entendant le bruit de
quatre robinets versant de l'eau, avait tellement
cru que c'était son sang qui tombait dans un bas-
sin que, pris de syncope, de sueurs froides abon-
dantes, la tête perdue et grelottant de peur, il
mourut dans de réelles convulsions.

Son véritable bourreau avait donc été son imagination seule.

D'après ce qui précède, on pourrait définir la suggestion : une crédulité portée à son plus haut point.

L'anesthésie, si elle n'est pas naturelle au sujet,
peut être provoquée ; elle est alors complète et
l'on peut impunément lui passer sous le nez ou
près des yeux ouverts une allumette enflammée ou
percer sa peau d'une aiguille.

Conscience de ce qui se passe pendant la suggestion

Dans un autre ordre d'idées, nous ferons remarquer un effet bizarre, produit sur un individu suggestionné par un opérateur.

3.

Dans cet état, le patient, quoique incapable de résister à l'ordre suggéré, conserve la conscience de ce qui se passe.

C'est ainsi qu'un vieillard put faire le récit de ce qu'il éprouvait durant l'expérience.

« J'étais, dit-il, comme une machine, sous la volonté de l'opérateur. Si celui-ci affirmait un fait, même absurde, malgré mes hésitations, j'étais contraint de me rendre à l'évidence.

« S'il me disait : Vous ne pouvez ouvrir les yeux ou la bouche, je faisais de vains efforts pour ouvrir mes paupières ou pour parler.

« Pourtant, affirmait-il, pendant l'opération, je causais avec le public et lui communiquais toutes mes sensations. »

Nous voyons donc que la suggestion est la pénétration de l'idée dans le cerveau du sujet par la parole, le geste, la vue, etc.

Le suggestionné est alors mentalement entraîné vers celui qui a suggéré l'idée d'accomplir un acte quelconque, et c'est à cette espèce de phénomène que les anciens magnétiseurs attribuaient leur pouvoir magnétique. Ils croyaient de bonne foi qu'ils possédaient un fluide qu'ils communiquaient au sujet.

Mais nous savons maintenant que la suggestion seule accomplit ces prétendus miracles.

Suggestions à échéance

Nous avons pu, déjà, nous convaincre que le sujet hypnotisé n'est qu'un véritable jouet entre les mains de celui qui l'a magnétisé ; un autre fait non moins curieux que les précédents, c'est que l'expérimentateur peut suggérer au patient d'accomplir des actes qu'il lui commande d'exécuter, à une date précise, à une heure exacte ; de même qu'il lui suggère qu'à tel moment, il éprouvera telle ou telle illusion des sens.

« Par exemple, dit le Dr Luys, je donne à Maria, un lundi, la suggestion d'aller, le samedi suivant, à trois heures, porter un paquet à telle personne et à telle adresse.

« Pendant toute la semaine, j'interroge Maria sur ce qu'elle doit faire au samedi désigné ; elle me répond invariablement : Je ne sais à quoi vous faites allusion, mais je n'en sais rien.

« Le jeudi, je l'hypnotise de nouveau et l'interroge : « Où vas-tu samedi, lui dis-je?

— Je vais telle rue porter un paquet à Mme X... »

« Je la réveille, et le samedi en question, interrogée encore par moi à deux heures, elle ne savait absolument rien de ce qu'elle allait faire.

« A trois heures, j'étais présent au rendez-vous et j'ai vu Maria arriver haletante, un quart d'heure après, remettre à la personne le paquet et s'en retourner sans mot dire.

« J'ai su plus tard que ledit samedi, vers trois heures, Maria était avec sa mère et sa sœur dans un magasin de nouveautés et que, tout d'un coup, elle quitta ses parents et se mit à courir sans indiquer où elle allait. »

Mais, ces résultats, bien qu'avérés, ne peuvent être obtenus qu'après des expériences réitérées.

C'est à force de suggestionner, dit le Dr Bérillon, qu'on apprend à adapter à tel sujet, dans telles conditions déterminées, l'artifice sans lequel la suggestion n'aurait aucune prise sur son esprit.

Suggestion mentale ou transmission de la pensée

L'expérimentateur peut aussi donner au sujet des suggestions mentales, c'est-à-dire qu'il les formule dans sa pensée sans les énoncer à haute voix.

Nier la transmission de la pensée est aussi peu logique que de nier la chaleur et la lumière, et la cause qui la produit ne peut pas s'expliquer davantage que celle qui fait germer le blé.

Cette suggestion ne s'établit pas avec tous les

sujets magnétisés ou hypnotisés, mais si l'on a la patience et la ténacité indispensables pour provoquer un sommeil profond chez les sujets qui y sont prédisposés, ce phénomène se manifestera plus souvent. Cependant, chez des personnes très impressionnables, on peut le rencontrer, à l'état de veille ; mais, dans ce cas, les faits sont moins concluants, moins palpables.

Nous subissons tous dans la vie, en réalité, des suggestions : l'acteur qui personnifie un individu est forcé de se suggérer l'idée qu'il est bien le personnage de son rôle, autrement il remplirait très mal sa tâche.

Ce n'est d'ailleurs pas d'aujourd'hui que l'on a reconnu l'influence que l'idée exerce sur l'esprit, mais ce n'est que tout nouvellement qu'il a été démontré combien cette influence est grande.

Nous empruntons à un docteur digne de foi le récit du phénomène suivant obtenu sur une femme malade.

Bien qu'elle parût être dans un état de santé satisfaisant, elle était sujette à des évanouissements et à des crises nerveuses que lui suscitaient les atteintes du mal connu sous le nom d'hystéro-épilepsie.

Après une attaque subie par elle une certaine nuit, elle venait de s'endormir, lorsqu'elle se réveilla en sursaut.

Me voyant toujours à son chevet, elle me dit

qu'il était inutile que je me prive de dormir pour elle, qu'elle me priait de la laisser seule et d'aller me reposer. Elle insista à tel point que, pour éviter de la contrarier, je sortis de la pièce et je commençai à descendre l'escalier.

Cependant, je ne le fis que lentement, craignant une reprise de la crise précédente. Je me demandais si je devais sortir de la maison et j'hésitais à le faire lorsque le bruit d'une fenêtre ouverte brusquement me fit lever les yeux.

J'aperçus assitôt la femme laissée seule se pencher rapidement au dehors comme pour se précipiter dans la cour.

Je courus à l'instant vers l'endroit où elle pouvait tomber et, de toute la force de ma volonté, je m'opposai à sa chute.

La malade s'arrête alors et recule en arrière ; elle revient à la charge, cinq fois de suite, sans pouvoir terminer le mouvement qu'elle avait résolu d'exécuter.

Enfin, lasse de ses efforts infructueux, elle cesse et reste paisiblement debout à la fenêtre ouverte et le dos appuyé contre les carreaux.

Il était impossible que j'aie pu être aperçu, la nuit étant très noire. A quelle autre cause qu'à la suggestion pourrait-on attribuer ce fait que je garantis indéniable ?

Je remonte alors près de la malade que je trouvai sur le point de tomber dans un accès de folie.

Elle me prend pour un malfaiteur et cherche à m'égratigner pour me faire fuir.

Aidé de sa garde, je pus la remettre dans son lit où, après lui avoir appliqué la pression ovarienne, je parvins à obtenir d'elle le sommeil qui dégénéra bientôt en l'état de somnambulisme.

Alors elle me demanda pardon de la peine qu'elle m'avait donnée en me mettant dans l'obligation de la soutenir pour l'empêcher de tomber par la fenêtre. Merci, ajouta-t-elle ; je vous promets de suivre dorénavant vos conseils et de ne plus chercher à me détruire.

Le liseur de pensées ne sait pas ce qui lui est commandé avant de l'avoir exécuté ; ses membres se mettent machinalement en mouvement sous une exécution motrice étrangère et son cerveau ne joue qu'un rôle analogue à celui d'un relais dans une ligne télégraphique.

Et ce n'est pas le mot lui-même qui l'impressionne, c'est l'idée, car on a vu des liseurs de pensées exécuter des ordres transmis en anglais sans connaître les premiers mots de cette langue.

Dans l'expérience de l'écriture, on est porté à croire que l'exécuteur connaît les mots avant de les tracer. Il n'en est rien, sa main exécute des mouvements tandis que son esprit ne donne, ne conçoit et ne veut rien.

Comme dans les expériences de lecture de pensées, il joue un rôle de machine auquel son cerveau est complètement étranger.

Double vue ou vue sans le secours des yeux

Pour obtenir le phénomène de double vue, il
est indispensable d'endormir profondément le sujet et de produire une sorte de réveil pendant le
sommeil.

Cet état est surprenant et peut même paraître
surnaturel à ceux qui le voient pour la première
fois ; mais ce qui est certain, c'est que la vue sans
le secours des yeux existe et que tous les magnétiseurs ont étudié ce phénomène.

Cependant, il faut que cette expérimentation
ait un but purement scientifique et qu'on se garde
bien de prendre un voyant pour un être infailli-
ble, quoique, dans certains cas, un somnambule
lucide puisse rendre quelques services.

M. Paul V..., ayant les paupières bien closes,
le Dr B... écrivit un petit billet dans un coin ;
posant ensuite ses doigts sur le bandeau qui cou-
vrait les yeux du somnambule ; pour plus de
sûreté, il passa le billet à un assistant le priant
de le présenter lui-même au somnambule et le
prier d'y lire ce qui y était inscrit : sans aucune
hésitation, ce dernier lut les trois lignes écrites,

aussi bien que si ses yeux avaient été découverts.

Ces phénomènes incompréhensibles et cependant indéniables, avaient tous pour spectateurs
et opérateurs des médecins de grand renom ;
nous ne pouvons donc qu'y ajouter foi.

L'HYPNOTISME

L'HYPNOTISME

Qu'entend-on par Hypnotisme ?

On entend par hypnotisme, la science qui a pour but d'étudier les phénomènes produits chez certains sujets par des actes physiques ou psychiques, de façon à obtenir le sommeil par la fatigue des sens ou une surprise provoquée par bruit, lueur, etc.

On ne peut douter de la réalité des faits obtenus par les docteurs qui se sont occupés de cette science, car des milliers d'expériences conduites avec un savoir de premier ordre en font foi.

Des effets hypnotiques s'observent plus fréquemment chez les sujets névrosés, quoique nombre de personnes n'ayant aucune affection nerveuse soient aussi facilement endormables.

Dans cet état, des docteurs ont pu pratiquer sans douleur des opérations chirurgicales très importantes, par exemple l'ablation d'un œil, d'un bras ou d'une tumeur.

FIG. 16. — Portrait de James Braid, d'Edimbourg, auteur
de la découverte de l'hypnotisme
d'après une lithographie imprimée en 1854.

James Braid, fondateur de l'Hypnotisme

Le Dr James Braid, chirurgien de Manchester, fut le véritable auteur de la découverte de l'hypnotisme.

Tous les phénomènes, disait-il, dépendent de l'état physique et psychique du patient, et non de la volonté de l'opérateur ou des passes faites par celui-ci en projetant un fluide magnétique ou en mettant en activité quelque agent mystique.

Il suivit les expériences d'un magnétiseur et fut amené à rechercher à quoi étaient dus les phénomènes qu'il observait et dont il avait reconnu la réalité.

Il parvint alors à démontrer que les sujets peuvent être influencés par d'autres causes que par le fluide et les passes des magnétiseurs ; par exemple, en fixant un objet brillant, le sujet s'endormait tout aussi bien qu'aidé par l'opérateur ; il appela ce sommeil nerveux la neurypnologie ou l'hypnotisme.

Au début, ce médecin attachait un bouton en métal sur le front du sujet et lui recommandait de le fixer attentivement ; mais s'étant aperçu que ce moyen fatiguait énormément le patient, et à un tel point qu'au bout d'un certain temps fort court, il lui était impossible de continuer à fixer

le bouton, il changea sa méthode. Il mit alors un
objet brillant au-dessus du front et à une distance
de 0 m. 25 ou 0 m. 45 des yeux du malade, en
lui recommandant de fixer ses yeux sur l'objet et
d'avoir la ferme volonté de ne les en point dé-
tacher.

L'effort que ce dernier était obligé de faire pour
obéir à cette injonction, l'obligeait bientôt à fermer les paupières, puis finissait par provoquer le
sommeil.

L'exemple suivant fournira une preuve de l'ex-
cellence de ce système :

Une jeune ouvrière se présente un jour chez
un docteur qui voulait tenter sur elle une expérience d'hypnotisme. Après l'avoir fait asseoir
sur une chaise, il la pria de regarder une clef nicke-
lée placée à 15 ou 20 centimètres au-dessus de
ses yeux. Après deux ou trois minutes, ses pupil-
les se mirent à osciller, son pouls s'abaissa, ses
yeux se fermèrent enfin et elle resta dans un état
de repos absolu pendant une vingtaine de minutes, gardant la position donnée avant le sommeil
avec la plus grande facilité.

Un gros volume étant placé entre ses yeux fermés et une aiguille fine, celle-ci est enfilée rapidement par Mlle V... qui écrit aussi sur une feuille
de papier placée de la même façon que l'aiguille.

Des séances, dans lesquelles d'autres personnes
furent hypnotisées, aboutirent au même résultat,

Fig. 17. — L'abbé Faria imposant le sommeil.

mais plus tard, d'autres expérimentateurs modi-
fièrent les procédés de Braid afin d'éviter la suggestion; ils placèrent d'abord sur le front un dia-
dème sur lequel était fixée une boule brillante, puis
jugeant enfin ce dernier objet inutile, ils se con-
tentèrent d'engager le sujet à fixer le bout de son
nez ; ils obtinrent encore le sommeil hypnotique.

TÉLÉPATHIE

DE LA TÉLÉPATHIE

Ce qu'on entend par télépathie

Depuis de longues années, les chercheurs s'occupent de cette question, et ils ont rassemblé des milliers de cas scientifiquement contrôlés, et qui prouvent que le hasard n'est pour rien dans ces phénomènes.

De hautes personnalités ont fait de nombreuses recherches pour approfondir des faits qui peuvent paraître ressortir de l'invraisemblance, car que faut-il entendre par télépathie ?

C'est la projection à distance de la pensée et même de l'image du manifestant.

Ces manifestations télépathiques ne comportent pas de limites, car ici le corps n'a aucune part au phénomène.

L'extériorisation, ou dédoublement de l'être humain, peut être provoquée par l'action magnétique : le sujet endormi se dédouble et va produire à distance des actes matériels.

Aucun doute n'est possible à cet égard et, lorsqu'on étudie, sous ses divers aspects, le phéno-

4.

mène de la télépathie, les vues d'ensemble qui s'en dégagent, nous amènent peu à peu à reconnaître en lui un procédé de communication d'une portée incalculable.

Camille Flammarion, l'astronome si connu, recueillit dans l'espace de quelques mois trois ou quatre cents observations, qui prouvent cette assertion d'une façon surabondante.

Tous ceux qui, comme lui, ont observé ces phénomènes se sont entourés des plus grandes précautions et ont expérimenté méthodiquement et scientifiquement avant de publier leurs extraits. Nous allons en faire connaître quelques-uns à nos lecteurs qui pourront ainsi se rendre compte de la singularité de ce don presque surnaturel que possèdent quelques-uns d'entre nous.

Avertissements par télépathie

Cas relevé sur une dame irlandaise et son neveu.

J'étais occupée dans ma chambre à coucher, un soir vers 9 heures, lorsque mon neveu, âgé de sept ans et qui était couché dans la chambre voisine, s'élança tout à coup près de moi en s'écriant avec terreur :

— Oh ! que j'ai peur ! petite tante.

— Qu'as-tu, mon enfant ?

— Là, près de mon lit !... Mon père !... je l'ai vu !

— C'est un rêve, mon petit ; ton père est bien loin de nous, malheureusement ; il lui serait donc impossible d'être près de toi.

— Non, je l'ai vu, tante ; je le jure !...

Impossible de le dissuader et de l'obliger à retourner dans sa chambre.

Je fis alors coucher l'enfant dans mon lit et m'y couchai moi-même, après 10 heures.

« Une heure après environ, je vis distinctement, en regardant du côté de la cheminée, la forme de mon frère, assise sur une chaise, et, ce qui me frappa particulièrement, ce fut la pâleur mortelle de son visage (à ce moment mon neveu était complètement endormi). Je fus si effrayée (je savais que mon frère était alors à Hong-Kong), que je me cachai la tête sous les couvertures. Peu d'instants après, j'entendis nettement sa voix m'appeler par mon nom et cela par trois fois. Lorsque je regardai il était parti.

« Le lendemain, je racontai à ma mère et à ma sœur ce qui était arrivé et je leur dis que j'en prenais note.

« Le courrier suivant de Chine nous apporta la triste nouvelle de la mort de mon frère ; elle avait eu lieu subitement par suite d'insolation, dans la rade de Hong-Kong, la nuit même où il s'était manifesté à son fils et à moi. »

Nouveau cas relevé à Florence.

Se promenant un jour avec son frère, le séna-
teur C. F... disait à son frère qu'il était sûr de
mourir avant ce dernier et cela avant trois mois.

« Nous nous étions promis mutuellement de nous
faire connaître par quelque preuve palpable que
la vie se continue au delà de ce qu'on appelle la
mort.

Trois mois après je me trouvai dans une villa
située, près de la mer, sur un rocher.

Un matin, vers 11 heures, je fus pris d'un accès de tristesse dont je n'aurais 'pu expliquer la
cause, car personne autour de moi n'était malade;
de plus, mon frère resté à Florence m'avait en-
voyé tout dernièrement de bonnes nouvelles de
sa santé.

Malgré moi, pourtant, les larmes me venaient
aux yeux ; aussi pour combattre cet intolérable
état d'esprit, je sortis en hâte de la maison sans
même songer à me couvrir, malgré la pluie tor-
rentielle qui commençait à tomber et le vent im-
pétueux qui faisait rage.

« Le ciel était illuminé d'éclairs et l'on entendait les rugissements éclatants du tonnerre mêlés
au bruit des flots. Je courus longtemps et je ne
m'arrêtai que lorsque j'eus atteint le bout d'une
grande pelouse d'où l'on pouvait voir, de l'autre

côté d'une petite rivière, de grands rochers entassés les uns sur les autres et s'étendant pendant un bon demi-mille le long de la côte.

« Je cherchai des yeux mon cousin qui, je le savais, avait cédé au désir de sortir par ce temps affreux, pour jouir, disait-il, de la fureur des éléments.

« Qu'on juge de ma surprise quand, au lieu de mon cousin, je vis mon frère, avec son chapeau haut de forme, qui marchait tranquillement de roc en roc, comme si le temps avait été beau et calme. Je ne pouvais en croire mes yeux et, cependant, c'était lui, lui à ne pas s'y tromper.

« J'eus d'abord l'idée de courir à la maison et d'appeler tout le monde pour lui souhaiter la bienvenue, mais je préférai l'attendre et je lui fis de la main un salut cordial en l'appelant par son nom aussi fort que je pouvais.

« Le bruit de la mer, du vent et du tonnerre empêchait ma voix de se faire entendre. Il continuait cependant à avancer lorsque, tout à coup, ayant atteint un rocher plus haut que les autres, il disparut derrière lui.

Entre moi et le rocher, la distance ne devait pas excéder une soixantaine de pas ; aussi, je comptais bien le voir reparaître de l'autre côté lorsque je me trouvai en face de mon cousin, jeune homme mince et plutôt grand, portant un chapeau à larges bords.

Comprenant que j'avais sans doute été le jouet d'un songe, je fus assez humilié de m'être laissé influencer ainsi, d'autant mieux que mon cousin n'avait aucun point de ressemblance avec mon frère.

Je dis cependant au jeune homme :

— Je vous avais pris pour mon frère ; il faut que vous lui ressembliez étonnamment de loin, mais je me demande comment, sans que je vous voie, vous avez pu passer derrière le rocher.

— Mais, je ne sais ce que vous voulez dire... lorsque vous m'avez vu, j'arrivais seulement de votre côté.

Je n'osai insister, par crainte du ridicule, et de compagnie, nous rentrâmes à la maison où le déjeuner nous attendait.

« La mélancolie m'avait quitté et je causai joyeusement avec tous les jeunes gens qui étaient là.

« Après le déjeuner, arriva un télégramme, nous priant de rentrer en toute hâte à la maison parce que mon frère s'était trouvé tout à coup fort mal. Pendant que nous faisions nos préparatifs de départ, arriva un autre télégramme nous disant de nous hâter plus encore, parce que la maladie faisait des progrès rapides.

« Malgré notre diligence, nous n'arrivâmes à Florence qu'à la nuit ; et là, nous apprîmes à notre profonde horreur que, juste au moment où je l'avais vu sur le rocher, mon frère sentait que ses instants étaient comptés, et qu'il m'appelait constamment, désolé de ne pas me voir auprès de lui.

« J'embrassai son front glacé avec un profond chagrin, car nous avions toujours vécu ensemble et nous nous étions toujours aimés. Et je pensai : « Pauvre cher frère, il a tenu sa parole ! »

Avertissements apportés par les rêves.

Sous leurs formes si variées, les rêves n'ont qu'une seule cause : l'émancipation de l'âme. Pendant le sommeil, celle-ci se dégage du corps charnel et se transporte sur un point quelconque de l'univers où elle perçoit, à l'aide de ses sens propres, les êtres et les choses de ce plan.

Les rêves peuvent se diviser en trois sortes principales : Le rêve ordinaire, purement cérébral, qui est le reflet des impressions et des images emmagasinées dans le cerveau dans l'état de la veille.

Les rêves où l'esprit flotte dans l'atmosphère sans trop s'éloigner du corps ; alors le cerveau matériel est affecté diversement, suivant le degré d'émancipation de l'âme et nous en gardons le souvenir au réveil.

Les rêves profonds ou éthérés dans lesquels

l'esprit échappe à la vie physique, se dégage de la matière et parcourt l'immensité. Ils laissent leur empreinte dans la conscience sous forme d'intuition et de pressentiments, et influent souvent sur la direction de notre vie. « La nuit porte conseil, dit à juste titre le proverbe. »

Nous citerons ici le rêve de la femme d'un mineur qui, en songe, vit couper la corde de la banne qui devait servir à transporter les ouvriers dans la mine.

Le fait vérifié le lendemain, on découvrit que la corde était effectivement hors d'usage, c'est-à-dire que le moindre effort aurait suffi pour la briser. Plusieurs mineurs durent la vie à ce songe.

Puis aussi, le rêve d'un professeur de musique de Strasbourg, qui vit sortir de sa maison cinq cercueils. Peu après, une fuite de gaz se déclarant, cinq personnes furent asphyxiées.

Charles-Quint eut aussi à se féliciter d'avoir ajouté foi à un rêve. La peste ayant atteint son armée, il apprit en songe que le remède le meilleur était la décoction d'une espèce de chardon nain qui croît dans les montagnes et que l'on appela depuis chardon carolin, en souvenir de celui qui l'avait fait connaître.

Ce remède donné à l'armée la sauva.

DIVINATION

DE LA DIVINATION OU CLAIRVOYANCE

La divination ou clairvoyance est la faculté que l'âme possède et qui lui fait percevoir, à l'état de veille, les événements passés et à venir.

Elle a été pratiquée de tout temps et, dans l'antiquité, son rôle était considérable. Les cas de clairvoyance sont, de nos jours encore, très nombreux.

Nous espérons contenter nos lecteurs en comprenant sous cette dénomination tous les moyens donnés à l'homme pour connaître son avenir et son destin.

Ces moyens sont nombreux si nous mettons de ce nombre la divination par les lignes de la main ou *chiromancie* ; l'étude des doigts ou *chirognomonie* et des ongles, celle de l'écriture ou *graphologie*, du crâne ou *phrénologie* et de la physionomie ou *physiognomonie* ; toutes sciences qui apprennent à connaître le caractère de chaque être et, par conséquent, les conséquences qui doivent en découler.

Dans son étude sur la divination, Rouxel assure que chacun peut, en s'isolant, en menant une vie sobre et régulière, en renonçant aux honneurs, à l'égoïsme, aux richesses et en pratiquant la douceur et la méditation, arriver à prévoir les évéments futurs. On ne peut répondre du succès des expériences, mais il n'y a aucun danger à les essayer ; on ne peut en tirer qu'un profit, celui de s'être amélioré.

A ce sujet, Plutarque dit : « Les âmes incarnées ont, en cette vie, la faculté plus ou moins latente de prédire l'avenir, car ces âmes sont obscurcies par leur corps, qui agit comme le brouillard pour le soleil. »

Cependant, l'homme peut dominer le Destin, s'il en a la volonté ; et il peut changer sa destinée. L'homme est ce qu'il se fait et ce n'est que par sa volonté qu'il se relève au point de vue moral. Au premier abord, cette théorie paraît critiquable, car elle ne semble laisser subsister dans les actions des hommes ni mérite ni démérite ; mais si l'on nous apprend que nous sommes une partie du grand tout, que tous doivent vivre pour un seul, qu'un seul doit vivre pour tous, elle s'éclaire et reprend son véritable sens.

Le libre arbitre est donc laissé à chacun de savoir recueillir les avertissements de la Providence et de s'en rendre digne.

FIG. 18. — Louis XI dans l'église Saint-Martin de Tours.

Superstition

Les savants modernes et les esprits forts ont fait reproche aux hommes de l'antiquité d'être superstitieux.

La superstition, dans le sens de *superstare*, signifie se tenir au-dessus, se mettre au-dessus des croyances vulgaires.

La France se vante d'être moins superstitieuse ; cependant, bien des gens croient encore à l'influence néfaste de la date 13 et du vendredi.

Napoléon rappelait à Sainte-Hélène qu'il entra un vendredi à l'école de Brienne, et qu'en voyant son père s'éloigner il versa un torrent de larmes. Il n'entreprit, dit-il, jamais rien qu'avec crainte le vendredi et il prétend avoir toujours mal réussi dans ses entreprises ce jour-là. Entre autres choses, il raconte que la nuit où il partit de Saint-Cloud pour la campagne de Russie était un vendredi.

De nos jours pourtant, bien des personnes pour leurs entreprises choisiront, au contraire, ce jour, le considérant comme bienfaisant. Des voyageurs se mettront en marche le vendredi dans l'espoir de trouver dans le train de la place et surtout de bons coins pour y reposer tranquillement.

Napoléon et la superstition.

Ils escomptent ainsi à leur profit la répugnance de ceux qui attribuent à ce jour toutes les malchances.

La superstition est une faiblesse qui atteint souvent les grands hommes ainsi qu'on vient de le voir, mais il faut se garder d'apporter une entière confiance à certaines pratiques qui en découlent comme de porter des talismans pour conjurer le sort, de trembler à la vue d'une salière renversée, etc.

Hasard et providence

On attribue au hasard un grand nombre d'événements qui sèment notre vie ; cependant, des milliers de faits inexplicables ne peuvent provenir du hasard seul qui ne peut rien produire par lui-même.

Eschyle, le père de la tragédie grecque, écrasé par une tortue que laissa échapper un aigle ; Lasalle, préservé d'une balle par sa longue cravate ; Viennet, n'échappant à la mort, par une balle reçue en pleine poitrine, que grâce à un manuscrit qui lui servit de bouclier, etc., tant d'autres exemples nous prouvent que le hasard ne peut être constamment invoqué.

Du pressentiment

Le pressentiment est un sentiment vague, instinctif, de ce qui doit arriver, sans que rien autour de nous semble l'annoncer.

Parmi ceux qui nous entourent, nous pouvons recueillir des exemples de personnes possédant à un haut degré cette faculté.

Citons entre autres le cas suivant :

Venant de rendre visite à ses parents, un jeune docteur allemand, rencontrant deux officiers, convint de prendre la poste avec eux.

Au moment de monter en voiture, il fut arrêté par une influence inconnue et ne put se décider à partir, malgré les instances de ses compagnons. Puis, l'influence se dissipant après leur départ, le jeune docteur saisit la première occasion pour continuer sa route.

En arrivant sur les bords de l'Elbe, il vit un attroupement. La voiture était tombée dans le fleuve et les deux officiers s'étaient noyés.

Il est difficile d'expliquer scientifiquement cette prédisposition de certaines personnes à lire, pour ainsi dire, dans l'avenir, mais chacun de nous peut se rendre compte que le fait est réel et ne peut donner lieu à aucun doute.

Du pressentiment à l'état de veille

Ce qui caractérise ce genre de pressentiment, c'est le plus ou moins d'affection ressentie pour telle ou telle personne ; ainsi le cœur d'un père, d'une mère, d'une épouse peut parfaitement pressentir le bonheur ou le malheur qui doit frapper un être cher.

Prince royal ou empereur, Paul Ier ne pouvait se défendre d'une pensée qui l'obsédait à toute heure : celle de conspiration et d'assassinat dont il se voyait victime. Chacun sait qu'il mourut étranglé.

Il nous semble puéril d'ajouter foi à ce sentiment vague et instinctif qui nous fait prévoir ce qui doit arriver ; mais tant d'exemples, qu'il serait trop long d'énumérer, viennent à l'appui de cette croyance, que nous ne pouvons que conseiller au lecteur de ne pas le considérer comme lettre morte et d'en tirer parti, au contraire, pour éviter, autant que possible, *les ennuis qu'il nous fait prévoir.*

De la prénotion ou prescience.

La prénotion ou prescience est une conséquence de la réflexion.

Tous, nous sommes avides de pénétrer l'avenir

et nous sommes remplis de joie au moindre indice qui nous permet d'en lever le voile.

La prénotion, étant la connaissance superficielle et première d'une chose, comprend le passé, et la prescience en découle, puisque les événements passés amènent les événements à venir.

Donc, un esprit élevé peut avoir la connaissance de ce qui arrivera puisque le passé contient l'avenir.

Caton prédit l'avenir de Pompéi, et étonna ses contemporains par la précision de sa prophétie.

Il y a aussi une sorte de pressentiment ou de pronotion lorsque nous voulons entreprendre une affaire quelconque ; une impression de tristesse, de crainte, sont de mauvais augure ; la joie secrète, la sécurité sont, au contraire, d'un bon présage.

Descartes dit avoir éprouvé que les choses entreprises par lui avec un cœur gai et sans répugnance lui réussissaient.

Les pronostics et les présages

Les présages sont des signes par lesquels on juge de l'avenir. Les hommes ont, de tout temps, cherché à prévoir l'avenir, soit par les météores, la rencontre fortuite de certains objets ou de certains animaux ; les éclipses, les comètes, les pluies d'étoiles filantes sont redoutées des peuples. Si l'Indien du Nord a remarqué certains présages annonçant que sa volonté sera contrariée, il ne partira pas à la chasse, fût-ce pour se procurer une nourriture indispensable.

Les couteaux en croix, le sel renversé, une glace cassée effraient bien des gens, même à notre époque ; le nombre 13 à table annonce, pour beaucoup, la mort du treizième convive.

Les Romains tiraient des présages de poulets sacrés.

Il est des pronostics qui ne sont basés sur rien de réel ; ce sont des préjugés fâcheux qui abondent surtout dans les campagnes.

Si l'on rencontre un prêtre, une vierge, un serpent, un lièvre, un lézard, un chevreuil ou un sanglier, c'est un présage funeste. Si, au contraire, l'on croise sur sa route une femme de mauvaise vie, un loup, une cigale, une chèvre ou un crapaud, c'est le bonheur qui est annoncé.

Chez nous et chez les sauvages, les présages sont du même ordre moral.

Prophètes

Les prophètes sont des hommes qui prédisent l'avenir par inspiration divine. Les livres saints contiennent un grand nombre de noms de créa-

tures à qui Dieu s'est particulièrement manifesté :
Moïse, Samuel, Élie, Élisée, David, Isaïe, Jéré-
mie, Daniel, Ézéchiel et bien d'autres moins importants ; trois prophétesses aussi furent honorées
du don de prédire les événements futurs : Marie,
sœur de Moïse, Débora et Anne qui fut une des
premières à reconnaître Jésus pour le Messie.

Mais, pour qu'une prophétie soit indiscutable,
il faut que, réellement, elle ait précédé le fait
annoncé et que cette prédiction ait été faite assez
clairement pour qu'on ne puisse se tromper au
moment où elle s'accomplit.

Le don de prophétie n'est pas toujours donné
à des créatures d'une intelligence ou d'une situation élevée ; Dieu peut aussi bien se révéler à un
cœur obscur et simple ; de plus, la divination
n'appartient pas à la religion chrétienne seule ;
chaque nation a son Dieu propre qu'elle révère
et qui se fait connaître à ses élus ; ainsi les devins
et les augures se disaient inspirés de Dieu ; on
peut les croire, pour la plupart, au même titre
que les prophètes.

Les voyants

Ce sont des sortes de prophètes, sortis le plus
souvent de familles de paysans.

En Irlande et en Écosse, la croyance en ces sor-

tes de devins ou sorciers s'est perpétuée presque
jusqu'à nos jours, et moins de deux siècles avant
notre ère, on y brûlait encore une vieille femme.

Dans le nord de l'Angleterre, aux îles Feroë,
dans le pays de Galles, en Russie, en Norvège,
ce sont les gens les plus simples qui jouissent de
cette faculté.

Au Paraguay, les voyants se nommaient les
hommes aux yeux clairs. Leurs prédictions se rap-
portent plus particulièrement aux naissances, aux
mariages, aux discordes et surtout à la mort.

En Écosse, on reconnaît aussi des esprits qui
veillent sur les familles, les avertissent des dan-
gers qu'elles courent et leur inspirent les moyens
de s'y soustraire ; de plus, ils leur prédisent l'avenir.

Les devins

Le devin, dans l'origine, était vraisemblable-
ment un prêtre attaché au culte des dieux, surtout d'Apollon, dieu des prophètes.

Plutarque, prêtre d'Apollon Pythien, présidait
aux cérémonies de divination et aux oracles.

Il disait que l'esprit prophétique, pour lui, était
le résultat d'une communication directe entre le
prophète, les esprits ou les dieux.

« Si les esprits ou les démons, séparés des corps,

sont doués de la divination, pourquoi n'en serait-
il pas de même des âmes qui sont dans les corps ?»

La faculté de prédiction n'est pas plus incroya-
ble que la mémoire ; les âmes ayant cette puissance naturelle, mais faible et obscurcie, elles
peuvent néanmoins en avoir la manifestation,
lorsque le corps est purifié dans les sacrifices ou
dans les songes.

La prévision se produit sans raisonnement et
par une disposition naturelle qu'il nomme inspiration et qu'on peut exalter à l'aide de certaines
substances.

Les augures

L'art des augures se résumait à interpréter les
signes extérieurs par lesquels la divinité mani-
festait aux yeux des hommes les choses à venir.

Ils en comptaient de trois sortes : des formules
et des traditions auxquelles ils étaient initiés, des
livres originaux et l'interprétation.

L'interprétation des signes était facultative ;
cependant les augures inspiraient une grande
confiance. Ils étaient chargés spécialement, à
Rome, d'interpréter l'appétit, le vol, le chant des
oiseaux sacrés, surtout des poulets.

L'apparition d'une chouette à Athènes était un

des plus heureux présages ; l'oiseau étant consa-
cré à Minerve, protectrice de la ville.

La fonction des augures à Rome était des plus
élevées ; leur pouvoir était presque illimité. Ils
assistaient principalement les généraux et les
magistrats en prenant les auspices.

Les pythies

La pythie, pythonisse ou sibylle était prêtresse
de l'oracle d'Apollon, à Delphes.

Pour rendre ses oracles, la pythie, après un
jeûne de trois jours, mâchait des feuilles de lau-
rier, puis elle montait sur un trépied placé au-
dessus d'une ouverture d'où sortaient des vapeurs
méphitiques. Alors, en proie à une exaltation,
aidée sans doute par le suc de la plante de lau-
rier, tout son corps frémissait, ses cheveux se
dressaient et sa bouche écumante et convulsive
répondait aux questions qu'on lui adressait ; mais
c'était par des sons souvent inarticulés dont un
prêtre devait interpréter le sens et le traduire.

Leur grand art consistait surtout à rendre
des sentences ambiguës, à faire des prédictions à
double sens.

Divination par les lignes de la main
Chiromancie

Les anciens avaient remarqué la configuration différente et bizarre qu'offraient les lignes de la main chez chaque individu. Ils essayèrent alors d'en tirer des pronostics. Les Hindous, les premiers, puis les Chaldéens, les Hébreux, les Grecs, puis au moyen âge, les Bohémiens poussèrent l'étude de la chiromancie jusqu'à des limites extrêmes.

Fig. 19. — Chiromancie.

La croyance en cette science coûta la vie à un grand nombre d'adeptes : les tortures, le bûcher leur furent prodigués à outrance sans arriver à ébranler la foi qui les animait.

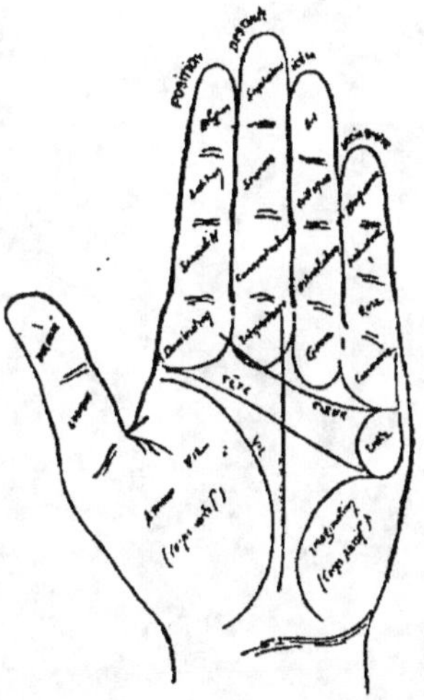

Desbarolles eut plus de chance, car à la Cour et parmi les gens les plus considérables, il jouit d'une réputation que ses prédictions infaillibles lui valurent.

La main est le miroir de la destinée ; c'est la main qui fait de l'homme ce qu'il est, et chaque homme a une main qui est comme sa marque personnelle.

Les espèces de mains ont été réduites à sept,

Fig. 20. — Les Bohémiens ont toujours fait marcher de pair
l'étude de la cartomancie et celle de la chiromancie.

bien que les anciens en eussent distingué soixante-quinze.

On peut composer son visage, mais on n'altère pas la forme de ses mains. La main doit être étudiée dans son ensemble, sa forme, son volume, ses os, ses muscles, sa peau, tout concourt à la conclusion finale.

Cicéron affirme que « si l'homme est logé, vêtu, conservé, s'il a couvert la terre de villes, de temples et de tant de monuments de civilisation, c'est à la structure admirable de sa main qu'il en est redevable ».

La main se compose de deux parties : la paume et les doigts.

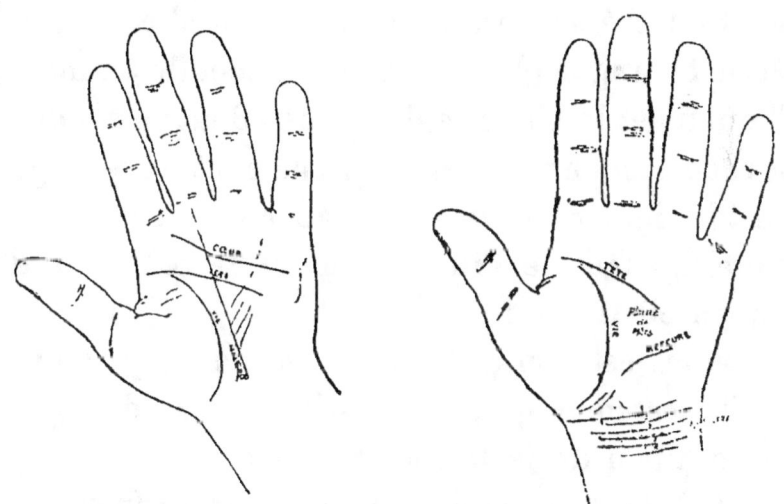

Fig. 21 et 22. — Les lignes principales de la main.

La paume offre deux éminences : l'une, la racine du pouce est nommée Thénar et répond en alchimie à l'étain : elle est devenue plus tard le mont de Vénus ; l'autre, la partie charnue de la main, a reçu le nom d'Hypothénar et répond au fer.

Vient ensuite une partie libre, mobile et divisée : ce sont les doigts.

Chirognomonie ou étude des doigts

L'articulation de chaque phalange peut donner une indication, c'est par les nœuds des doigts, plus ou moins développés, qu'est indiquée la dominante de chaque caractère.

LE POUCE est le doigt sans lequel aucun mouvement de préhension ne peut s'accomplir. Il caractérise le rang le plus élevé dans l'échelle animale ; l'homme et le singe seuls le possèdent ; mais dans la race simienne il est extrêmement développé ; c'est le signe de la prédominance de l'instinct sur l'intelligence, de l'impulsion sur la réflexion, de l'inconscient sur le conscient.

Il nous est facile de voir, d'après ce principe, les impressions qui, à première vue, se dégagent de l'examen de la forme du pouce.

Est-il de dimension exagérée par rapport aux autres doigts, il indique un caractère plus impulsif que réfléchi. Si c'est le contraire la volonté, mal secondée par la force d'âme s'épuisera en de vains efforts (*fig. 1*).

Forme des doigts.

Fig. 1. — De dimension exagérée par rapport aux autres doigts.

Fig. 2. — Plutôt petit.

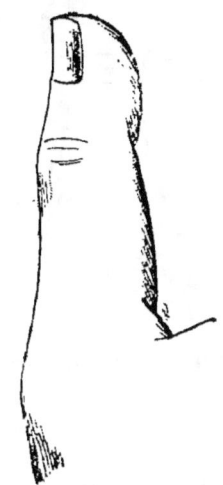

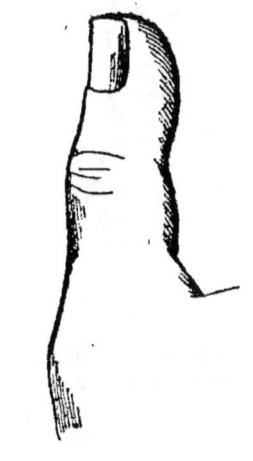

Caractère plus impulsif que réfléchi.

Caractère plus réfléchi.

Fig. 3. — 1ʳᵉ phalange peu développée.

Fig. 4. — 1ʳᵉ phalange plus développée.

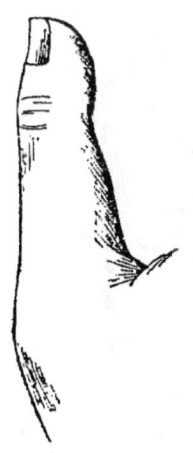

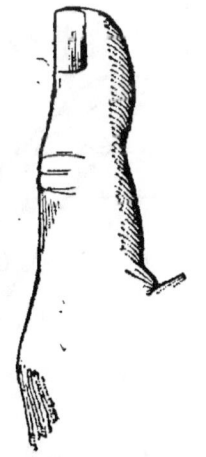

Faiblesse.

Domination.

Fig. 5. — 2ᵉ phalange longue et forte.   Fig. 6. — 2ᵒ phalange courte

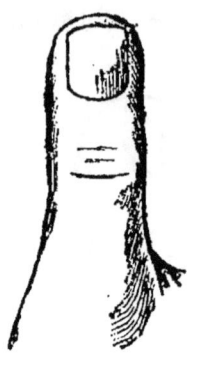 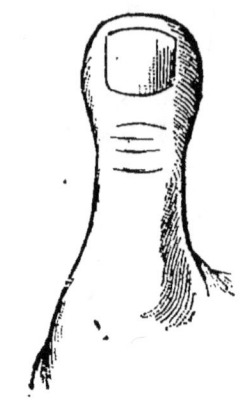

Puissance, facilités exceptionnelles.   Intelligence médiocre.

Les Monts.

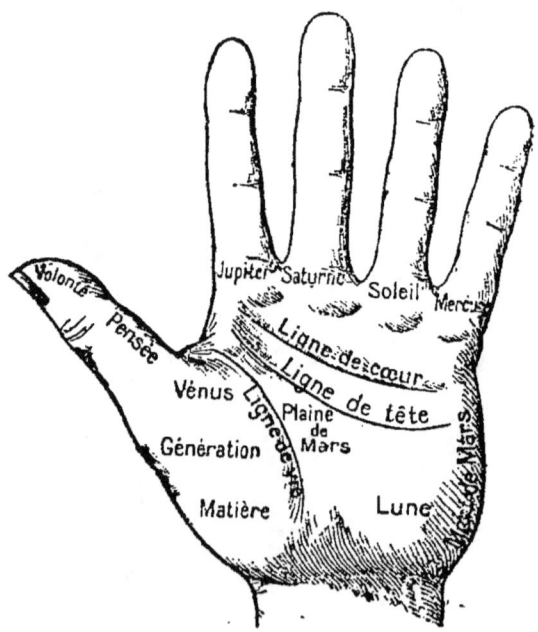

Fig. 7.

Forme des ongles.

FIG. 1. — Ongles longs et étroits terminant des doigts minces et effilés.

Goûts artistiques.

FIG. 2.—Ongles carrés terminant des doigts longs ou charnus.

FIG. 3. — Ongles courts terminant des doigts en forme de spatule.

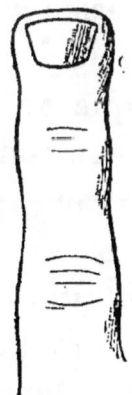

Force et ténacité.

Caractère sensuel.

Si *la première phalange*, la phalange ongulée ou phalangette est peu développée (comme dans *fig. 2*), c'est un signe de faiblesse.

Si elle est au contraire plus longue que la moyenne (*fig. 3*), elle est la caractéristique des tyrans, car elle dénote une exagération de l'idée de domination.

La seconde phalange, longue et forte, est un indice de facultés exceptionnelles qui, suivant qu'elles seront unies ou non à une volonté équivalente, pourront conduire soit à la lâcheté, soit à la domination, soit à la fortune (*fig. 4*).

Trop courte, la seconde phalange dénote une intelligence médiocre ; associée à une phalangette forte, c'est l'esprit mesquin, la taquinerie hypocrite, la pusillanimité.

La dernière phalange du pouce sera examinée plus loin sous le nom de Vénus.

La forme normale du pouce peut permettre d'apprécier en celui qui la possède un esprit sain et logique au service d'une belle âme.

L'INDEX a comme signification générale : la position, le rang, la fortune.

La première phalange, si elle est longue, indique l'intuition à la religion ; si elle est courte, le scepticisme, l'incrédulité.

Courte, large, arrondie en massue, avec un ongle large, petit et recourbé au point de pénétrer dans les chairs par les deux bouts, elle indi-

que la phtisie, l'amour du merveilleux, la superstition.

La deuxième phalange, si elle est longue, annonce une ambition déterminée ; si elle est courte,
le manque d'énergie.

La troisième phalange, si elle est longue, dénote
le désir de dominer ; si elle est courte, elle dénote
le désintéressement de la vie, l'effacement, la
misère.

LE MÉDIUS a pour signification générale : la destinée, les grands événements de la vie.

La première phalange longue indique : tristesse,
superstition, désir de la mort ; prudence, sagesse,
persistance ; courte : résignation douce.

La deuxième phalange, longue, indique le goût
de l'agriculture et des sciences exactes, si les
doigts sont noueux ; le goût des sciences occultes
si les doigts sont lisses ; courte, elle fait prévoir
l'inutilité de l'expérience ; c'est un homme qui
n'apprendra jamais à vivre.

La troisième phalange : longue, avarice ; si elle
est mince, goût des mortifications ; courte : économie bien entendue ou même prodigalité, com-
binée avec d'autres signes.

L'ANNULAIRE, signification générale : l'art, l'idéal,
le sens du grand et du beau.

Première phalange : longue, goût noble des
arts ; ascétisme intellectuel, pose et excentricité ;
courte, moins de recherche vaniteuse, plus de

6

simplicité dans les manières, l'ajustement, le langage, mais moins de sens artistique.

Deuxième phalange : longue, logique dans l'art, désir d'arriver par le travail, puissance de raisonnement sur les travaux artistiques, mérite, talent, originalité, excentricité; courte : impuissance douloureuse si celui qui en est affecté a, par sa première phalange, le sens de l'idéal.

Troisième phalange : longue, elle dénote l'art matériel, l'amour de la forme sans pensée, la vanité de paraître, plutôt que l'orgueil d'être; appétit des richesses et de la réclame, des honneurs, des décorations, surtout si elle est charnue. Courte, elle dénote l'insuccès, l'inhabileté.

L'AURICULAIRE, signification générale : Sociabilité, qualités sociales, rapports sociaux.

Première phalange : longue : amour de la science pour la science, éloquence, goût pour l'étude; courte : paresse intellectuelle, surtout si le doigt est lisse.

Deuxième phalange : longue : industrie, commerce, visant au côté utile des choses; courte : inaptitude à la spéculation mais pouvant signifier loyauté et conscience si les autres signes concordent.

Troisième phalange : longue : ruse, adresse, éloquence mal dirigée et allant jusqu'au mensonge, hypocrisie, charlatanisme; courte : simplicité bête.

Les ongles

Les ongles peuvent fournir de précieux enseignements par leur conformation et leur mode d'implantation.

Longs et étroits poussant sur des doigts minces et effilés, ils sont une affirmation du goût artistique.

Minces et bombés, ils dénotent un petit esprit, tatillon, plus enclin à songer aux détails qu'à l'ensemble, plus soucieux de son confort immédiat que de l'avenir.

Carrés, terminant des doigts longs ou charnus, ils sont un indice de ténacité et de force ; ils dénotent aussi une volonté opiniâtre allant jusqu'à l'entêtement.

Courts et terminant les doigts en forme de spatule, ils sont l'apanage des caractères sensuels, annonçant un appétit de jouissances exagéré.

Mal plantés, irréguliers, trop couverts, ils annoncent une santé mauvaise et des goûts dépravés.

Les Monts

On remarque à la base de chacun des quatre doigts supérieurs une petite éminence charnue plus ou moins développée et sillonnée par un certain nombre de lignes principales ou accessoires ; on donne à ces saillies le nom de monts.

A la base de l'*index* se trouve le mont de *Jupiter*.

A la base du *médius* le mont de *Saturne*.

A la base de l'*annulaire* le mont du *Soleil*.

A la base de l'*auriculaire* le mont de *Mercure*.

De plus, la troisième phalange du *pouce* englobe entièrement le mont de *Vénus*.

En face, à l'autre bord de la *paume de la main* se trouve le mont de *Mars*. A la base du *poignet* est le mont de la *Lune*.

Voici les déductions qu'on peut tirer de la forme et du développement de ces différents monts.

MONT DE JUPITER. — Peu développé, il révèle le manque de courage et de décision et la timidité.

Moyen, il indique la suite dans les idées, la pondération.

Très développé, il marque la soif de domination et de commandement, l'ambition démesurée jointes à un grand égoïsme.

MONT DE SATURNE. — Peu développé, lisse, il dénote la prédominance des sentiments raisonnables sur les entraînements et les impulsions irréfléchis.

Moyen : C'est l'apathie et souvent l'indécision.

Très développé et traversé par la ligne du destin, c'est la passivité absolue, la direction abandonnée, l'entraînement facile aux forces aveugles.

Mont du Soleil. — Peu développé, c'est l'indice d'un caractère réfléchi et que les choses du monde n'atteignent pas. A peine ce mont est-il visible chez les philosophes.

Moyen, il signifie orgueil légitime, émulation, amour des sciences et des arts et satisfaction d'amour-propre.

Très développé : vanité poussée à un degré extrême, orgueil, ostentation, désir de se distinguer des autres mortels, non par ses qualités mais par les biens de la terre.

C'est le cas du parvenu heureux d'éclipser ses amis de la veille.

Mont de Mercure. — Peu développé, il indique le mépris des richesses et aussi le désordre et l'incurie qui peuvent conduire à la misère.

Moyen, c'est le souci de l'avenir, l'instinct de l'épargne, la prévoyance.

Très développé il implique l'avarice sordide l'âpre convoitise, la soif de l'or qui fait accomplir des actes répréhensibles pour se le procurer.

Mont de Vénus. — Peu développé, il caractérise les indifférents que les sens laissent en repos ; ceux-là ne connaîtront jamais les orages du cœur.

Moyen, il caractérise les timides, les tendres capables de se consumer de langueur dans un amour sans espoir.

Très développé, il appartient aux passionnés,

aux furieux que rien ne peut calmer, même la possession de l'être aimé, ils sont destinés à sombrer dans l'érotisme.

Mont de Mars. — Peu développé, il marque une timidité excessive, confinant à la poltronnerie.

Moyen, c'est le sang-froid, la maîtrise de soi-même, l'intrépidité même.

Très développé, il indique le courage aveugle et irréfléchi, la témérité, l'oubli de toute prudence causant souvent la mort sans profit pour personne.

Mont de la Lune. — Peu développé, il symbolise l'absence de tout sentiment élevé, l'esprit uniquement préoccupé de son bien-être matériel.

Moyen, il implique l'heureux assemblage des qualités de l'esprit et du cœur, l'amour de l'art.

Très développé, détachement presque complet des biens de la terre, un oubli de soi-même, la vie dans le rêve et peut-être le génie.

Les jointures

Les doigts ont quatorze jointures dont les plus importantes sont celles de la base du doigt, c'est-à-dire celles situées au-dessus de chaque mont. Les jointures supérieures n'ont pas une grande signification.

Jointure formée de quatre lignes obliques et égales : nombreux héritages.

Jointure ayant quatre lignes égales et droites : signe d'abondance.

Jointure formée de quatre lignes inégales, soit droites, soit obliques : trahison dans les affections.

Jointure ayant trois lignes droites ou obliques : bonheur parfait.

Deux lignes bien colorées, bien accentuées et droites : réussite en tout.

Deux lignes dont la première est droite et la supérieure formée par la superposition d'une autre ligne qui la croise : bonheur et réussite.

Plaine de Mars

La partie de la main comprise entre le mont de la Lune, les lignes de la vie et de tête, se nomme plaine de Mars.

Les lignes qui la traversent ont presque toutes leur point de départ à une des lignes qui la contournent.

Certains signes y sont quelquefois gravés ; ce sont :

Des lignes parallèles dans n'importe quel sens et ne se rattachant pas aux lignes entourant la plaine de Mars et qui sont d'un bon augure.

Elles signifient pour l'homme : vigueur et santé.

Pour la femme : fécondité, heureuse maternité. Des triangles et des carrés : nombreux procès. Des demi-cercles, étoiles, ronds : prospérité. Des lignes tortueuses : petites contrariétés. Des hachures, grils, échelles : retards dans les réussites commerciales.

Un trou : mort glorieuse sur un champ de bataille.

Si la plaine de Mars est bien développée, large, lisse, c'est l'indice d'un esprit ouvert et large ; si cet espace, appelé aussi table de la main, est resserré, restreint, c'est un indice de mesquinerie d'un esprit tatillon.

Les principales lignes

Les principales lignes qui figurent dans toutes les mains sont :

1° La ligne de la vie ;
2° La ligne de la tête ;
3° La ligne du cœur ;
4° La ligne de la santé ;
5° La ligne du destin ;
6° La ligne de Saturne ;
7° La ligne de Mercure.

Nous allons les examiner succinctement l'une après l'autre.

La ligne de la vie

Cette ligne prend naissance entre le pouce et l'index, au-dessous du mont de Jupiter, mais sans toucher à ce mont. Elle est très visible et ne peut se confondre avec ses voisines. C'est la ligne qui tient toutes les autres dans sa dépendance. Elle se prolonge en décrivant un demi-cercle qui contourne le mont de Vénus, pour se terminer à la rascette. A son plus ou moins de développement est liée la durée de l'existence ; de sa netteté, plus ou moins parfaite, dépendent le calme, la santé, le bonheur. Nous devons donc l'étudier attentivement.

Coupée par deux lignes empiétant sur la plaine de Mars et le mont de Vénus, c'est un signe de mort, vers l'âge de vingt-cinq ou trente ans.

Si elle est rompue vers le milieu, c'est encore l'avertissement d'une existence de peu de durée.

A peine visible, hachée, pâle, étroite, peu profonde, cela annonce accidents ou maladies qui abrégeront les jours.

Parfois, la ligne de vie montre une ou deux brusques solutions de continuité; cela est inquiétant car ce pronostic peut signifier : maladies graves, mort foudroyante.

Il est alors bon de consulter les lignes de la

main droite afin de se rendre compte si le funeste présage y est aussi reproduit ; car si, comme nous le disons plus haut, la main gauche représente une ligne de vie interrompue en plusieurs endroits, et que, par contre, la main droite ait une ligne parfaitement régulière, le pronostic est infiniment moins sérieux. Les interruptions constatées dans la main gauche, peuvent être seulement alors l'indice d'un danger réel, d'une maladie grave ; mais ce danger peut être conjuré et la maladie ne sera pas mortelle.

Les hachures qui, parfois, hérissent la ligne de la vie, et tracent sur son parcours des losanges plus ou moins réguliers signifient toujours que des peines, des ennuis viendront assombrir les jours.

La ligne de la vie commençant en haut pour se terminer vers le poignet, la place occupée par les brisures, hachures et losanges, indiquera à quel moment de la vie se manifestera leur influence ; enfance, adolescence, jeunesse, âge mûr ou vieillesse.

Si la ligne de vie est courte et n'atteint pas la rascette ou l'atteint en devenant mince, à peine visible, et se termine en sifflet, c'est l'indice de la maladie de langueur ou de la phtisie pulmonaire qui ne pardonnent jamais.

Mal dessinée, longue, peu large et coupée par de petites lignes profondes à son extrémité supérieure et se dirigeant vers le mont de Jupiter, elle indique les infirmités.

Très grosse, bien déliée et descendant jusqu'à la rascette, elle promet une santé exceptionnellement robuste, une longue vie.

Une ou plusieurs lignes raccordant, sans l'interrompre, la ligne de vie à la ligne de tête vers le mont de la Lune ou la plaine de Mars : accidents dangereux dont on se ressentira toute sa vie.

Les grils au bas de la ligne, vers la rascette : mort par rupture d'anévrisme.

Si, dans la rascette, il monte une ligne en forme d'S, qui va se perdre dans la plaine de Mars, en touchant sous la traverse la ligne de vie, c'est l'indice d'une santé qui pourra résister à toutes les maladies et à tous les accidents que lui annonceront tous les autres signes.

Il est une ligne très rare, c'est la ligne sœur de celle de la vie, qui suit plus ou moins parallèlement son aînée, empiète sur le mont de Vénus, et laisse parfois un espace assez considérable entre elle et la ligne de vie. On est alors, si on la possède, sûr de vivre jusqu'à près de la centième année si on ne la dépasse pas.

Une ligne de vie large, bien marquée, fortement colorée en rouge, indique un tempérament sanguin, un caractère indomptable, violent.

Pâle et d'un modèle incertain, elle est au contraire un indice d'indécision, de mollesse, et caractérise un tempérament lymphatique et faible.

Si, sur la ligne de vie, il se trouve un point entouré d'un cercle, on sera borgne ; si ce signe est double, on perdra la vue.

Plusieurs lignes formant un triangle n'annoncent aucun présage fâcheux.

Des croix formées irrégulièrement entre l'extrémité de la ligne et le mont de Jupiter : trois grandes afflictions.

Une ou plusieurs croix auprès de la rascette : vieillesse misérable.

On a vu des mains, dont les rascettes ou bracelets du poignet, indiquaient quarante ou soixante années d'existence, alors que le sujet possédait la ligne sœur de celle de la vie ; les rascettes, alors, ne comptent pas, la ligne sœur étant prépondérante.

Ligne de la tête

La ligne de la tête est désignée sous différents noms : ligne du cerveau, du calcul, céphalique naturelle, car elle tient son principe du cœur, elle procède de lui et donne comme lui l'impulsion aux membres ; de plus, elle procède de la ligne de vie et marque le caractère, le tempérament, la complexion.

Elle commence en contournant le mont de Jupiter, touche la ligne de vie, fait jonction avec elle, traverse obliquement la main pour aller séparer le mont de Mars de celui de la Lune.

Bien droite et profondément creusée, elle dénote une intelligence, un esprit prompts et réfléchis. Tortueuse, peu profonde et mal dessinée, elle dénote la déloyauté, l'hypocrisie.

Irrégulière, coupée, raccordée : esprit malicieux. Peu apparente : démence.

Si elle ne touche pas la ligne de vie à son extrémité supérieure : naturel servile, timidité.

Très creuse, sanguine et large : caractère brutal. Coupée par une ligne très droite et très creuse se dirigeant vers le mont de Saturne : mort par strangulation.

Si la ligne de la tête remonte brusquement vers le mont de Mars, en empiétant sur lui, cela dénote la grossièreté, la sottise.

Si, au contraire, elle traverse le mont de la Lune pour faire un brusque détour vers la rascette, elle annonce un cœur juste et droit.

Des demi-cercles, quelquefois imperceptibles, traversant la ligne de la tête, marquent la chasteté et souvent l'imbécillité.

Hérissée de petites lignes droites, quelle que soit leur position sur la longueur de la ligne : esprit supérieur, goût prononcé pour les mathématiques.

Traversée par une ligne inégale en largeur et

en profondeur, sinueuse et se dirigeant de la rascette vers le mont de Mercure, après avoir traversé ou contourné le mont de la Lune : esprit
lent, prodigalité, irréflexion, caractère volontaire
et parfois irritable ; légèreté de mœurs.

Les triangles, les losanges, les entrecroisements
fréquents dénotent un esprit inquiet qui manque
de suite dans les idées. fait de nombreux projets,
qu'il abandonne aussitôt.

Des lignes accessoires, se dirigeant dans le même
sens que la ligne de tête, sans se confondre avec
elle, caractérisent l'ambition, le désir de parvenir,
joints à l'absence de tout scrupule.

Coupée et interrompue en plusieurs endroits,
c'est la démence partielle ou des colères furieu-
ses qui font perdre tout sens moral et tout sentiment de dignité.

La ligne de la tête se partage souvent en deux
tronçons, dont l'un se dirige vers le poignet et
l'autre vers la plaine de Mars. Cette sorte de fourche annonce un pronostic plutôt défavorable :
manque de direction et de sens moral.

La ligne du cœur

De l'importance de cette ligne découlent la
valeur et l'étendue des sentiments affectueux, de
la bonté et du désintéressement.

Elle est aussi appelée ligne mensale ou mentale, de l'esprit, du bonheur et parfois ligne de Jupiter. Elle part de la racine du mont de Mercure, décrit une longue courbe et se termine à la jonction des monts de Jupiter et de Saturne, entre l'index et le médius ; c'est la ligne horizontale le plus près des doigts.

D'un seul jet et très profonde, elle annonce : bonheur sans nuages, réussite dans toute entreprise, quiétude parfaite.

Peu apparente : débilité de tout l'organisme.

Très longue et très accentuée : bon naturel, mais faible et enclin aux entraînements généreux, capable de lui causer un grand préjudice.

Interrompue : orages de passion déchaînée, laissant la désillusion et le désenchantement qui succèdent à la trahison.

Coupée mais raccordée : démence.

Sanguine : cruauté, colère.

Un rameau ou une étoile : bonheur, réussite, amours heureuses.

Croix ou échelles touchant la ligne : grands chagrins d'amour.

Lignes formant panache, bouquet : vertu, mysticisme.

Lignes tortueuses traversant la ligne du cœur dans n'importe quelle partie de son parcours : sottise, pédantisme, ignorance.

Ligne de la santé

Appelée aussi ligne du foie, cette ligne se dirige obliquement de l'extrémité inférieure de la ligne de la tête vers l'extrémité inférieure de la ligne de Saturne.

On devrait classer cette ligne parmi les lignes accidentelles, car elle n'existe pas dans toutes les mains : mais son importance est très grande. Elle annonce la complexion et ses forces sont très variées et souvent bizarres.

Elle doit, pour être normale, exister sans interruption, sans raccords, absolument nette de point ou de fosses qui signifient un sang vicié, être en un mot absolument droite.

Si elle n'atteint pas la ligne de vie, après avoir traversé la saturnienne, cela indique une complexion qui variera avec l'âge.

Si la ligne de santé est très courte et porte, à son extrémité vers la ligne de Saturne, une pointe en forme de fer de lance au bout de laquelle se trouve un trou ou sorte de fosse, semblable à une cicatrice, cela indique que la personne, après une longue maladie, tombera en léthargie et, la croyant bien morte, on l'enterrera vivante.

Ce signe qui glace d'horreur est heureusement fort rare.

Si la ligne de la santé se soude avec celle de la vie, c'est l'assurance d'une bonne santé pendant toute la durée de la vie.

Une ligne accidentelle, se dirigeant vers le mont de la Lune après être partie de la rascette et faisant un détour brusque pour couper la ligne de la santé, est l'indice d'une mort foudroyante.

Interrompue par un vide absolument uni, elle annonce la stérilité, l'impuissance.

Très sanguine : naturel mauvais et cruel, forte constitution.

Très courte et composée de petites lignes : Infirmités dans la vieillesse.

Si, de la ligne, il part de petites lignes accidentelles, droites ou obliques pour traverser la ligne de la tête, c'est un signe de folie amenée par une douleur morale.

La ligne du Destin

Après la ligne de la vie, cette ligne est la plus importante de toutes, car sous son influence s'accomplissent tous les actes de la vie.

Creuse, fortement colorée, bien dessinée, son influence néfaste peut s'exercer sur toutes les autres lignes et annihiler les pronostics les plus favorables.

Peu apparente, brisée par place, tout est pour

le mieux, à condition que les autres signes soient favorables.

Si la ligne du destin traverse la ligne de la tête le travail domptera la fatalité. Si la ligne de la tête, traverse la ligne du destin, on subira son influence.

La ligne de Saturne

La ligne saturnienne partage la main en deux parties égales. Elle part du poignet et se prolonge verticalement jusqu'au médius. C'est sur elle que se trouvent inscrits les grands événements de la vie ; c'est pourquoi on l'a surnommée la ligne de la prospérité et de la fatalité.

Elle touche, dans son parcours, la ligne de la vie, traverse celles de la santé, de la tête, du cœur, ainsi que l'anneau de Vénus. Elle atteint rarement le mont de Saturne et dépasse la ligne de la tête peu souvent.

Elle n'est pas toujours droite, indice des cataclysmes qui doivent se produire dans l'existence. Autant de raccords, autant de commotions fortes à subir.

Si elle est double, c'est le signe que l'on perdra tous ses biens et que l'on deviendra un misérable sans pain, sans abri et réduit au vagabondage ; enfin l'on finira ses jours dans une prison où l'on subira la peine prononcée contre soi, pour vagabondage.

Si, sur cette ligne, il y a des croix, autant de croix, autant de pertes d'enfants.

Des ronds, points ou fosses, formant cicatrices, sur n'importe quel endroit de la saturnienne, sont l'indice de la perte d'une partie de ses biens et de l'inconstance du bonheur.

Si, à l'extrémité de la ligne, il s'en trouve plusieurs accidentelles, tortueuses, entrecoupées, obliques ou courbes : réussite dans l'agriculture, le commerce ou toute autre industrie ; prospérité.

Si la ligne monte jusqu'au mont de Saturne ou bien le traverse : grands malheurs après d'heureux jours.

Si la ligne est double depuis la rascette jusqu'à la plaine de Mars et redevient simple jusqu'au mont de Saturne : pendant votre jeunesse, la fatalité s'appesantira sur vous, mais enfin la prospérité se montrera, les succès viendront vous faire oublier le malheur passé.

Si la ligne est grosse, bien formée, droite et s'arrêtant un peu au-dessus du mont de Saturne et que, dans son parcours, elle traverse d'autres lignes, sans être traversée par aucune, c'est le meilleur présage que puissent donner les lignes de la main : jamais la fatalité ne vous poursuivra : vos enfants tiendront de vous ; ils auront une santé robuste, des muscles vigoureux, un esprit éclairé et droit.

La ligne de Mercure

C'est la ligne de la fortune, des satisfactions d'argent.

Longue et développée elle signifie : fortune, réussite au point de vue pécuniaire, surtout dans le commerce.

Cette ligne forme avec la ligne de la tête et la ligne de la vie un espace triangulaire, tantôt quadrangulaire ; dans ce dernier cas, les lignes de la tête et de la vie sont séparées par un espace libre, la plaine de Mars.

La rascette

La rascette ou restreinte est la ligne de jointure qui sépare la main du bras.

C'est aussi l'espace compris entre les deux lignes du commencement de la main et de l'extrémité du bras.

On appelle aussi rascettes les lignes qui, sur le poignet, forment des bracelets. Chacun de ces bracelets représente :

Le premier trente années, à moins qu'il ne forme pas entièrement le bracelet.

Le second et le troisième vingt années.

Le quatrième et les suivants dix années.

Cependant, si le second et le troisième ne forment pas un bracelet entier, ils ne signifient que le nombre d'années égal à leur longueur. Ainsi si ces deux lignes n'occupent que le quart de la surface du poignet, elles ne valent que cinq années, la moitié, dix années, les trois quarts, quinze années.

De même pour la quatrième et les suivantes. La sixième est la ligne des centenaires.

Quelquefois la deuxième et la troisième ligne ne sont pas entières mais à elles deux, elles forment la valeur d'une ligne entière, dans ce cas elles valent chacune dix années.

Tableau de valeur des rascettes calculée sur 100 années.

1re ligne 30 ans		

1re ligne 30 ans
2e — 20 —
3e — 20 —
4e — 10 — } 100 ans
5e — 10 —
6e — 10 —

Si la ligne des rascettes est formée par de petits chaînons continus, cela annonce que la vie sera très pénible, remplie de soucis.

Si l'espace qui se trouve entre les lignes est rugueux, plat, sanguin ou traversé par des lignes courbes, profondes : vie misérable, servitude, humiliations.

7.

Ce même espace non ridé, gras, net, bien coloré et sans le moindre signe : exemption complète de toute maladie, sauf celle qui causera la mort.

Les lignes perpendiculaires, obliques ou formant des triangles de cet espace ou sur une ou plusieurs lignes rascettes sont autant de maladies douloureuses et longues.

L'avenir se lit bien certainement, dans les lignes de la main ; mais que les lecteurs se rassurent sur leurs pronostics souvent peu rassurants car, averti par la chiromancie de ce qui peut leur advenir, ils ont toujours la latitude de chercher à modifier et à améliorer leur sort en agissant dans ce but.

La divination par l'écriture ou la graphologie

Cette science a pour but de déterminer les tendances du caractère de l'homme d'après son écriture.

En effet, à un mouvement de l'esprit, correspond un mouvement du corps ; mais l'écriture n'est le reflet de l'âme qu'au moment où elle est tracée ; c'est pourquoi il faut se défier de juger trop facilement sans s'inquiéter si la personne qui a tracé les caractères était dans son état normal. Il est bien certain qu'un individu écrivant une lettre dans un moment de colère, ne tracera

pas les caractères de la même façon que s'il était
paisible. Il est donc bon, avant de se prononcer
sur le caractère de quelqu'un, de s'entourer du
plus grand nombre de documents possible et de
les examiner consciencieusement.

Éléments graphiques

Points, virgules.

Les points doivent se placer sur les i et sur les
j. C'est un signe de négligence et d'inattention que
de les omettre; les indiquer exactement signifie
l'ordre, l'attention.

Si le point est bien rond, bien net, c'est un signe
de jugement, de fermeté, de netteté.

C'est au contraire une marque de faiblesse et
quelquefois de timidité, s'il est à peine marqué.
Pâteux: sensualité. Allongé: vivacité. Exagéré-
ment allongé : extravagance.

Un point posé après la signature signifie prudence et quelquefois défiance.

Les points d'interrogation et d'exclamation in-
diqués d'une façon normale indiquent une nature
calme. Posés d'une manière anormale : nature
violente.

Les barres longues et fines signifient : ténacité.
Longues et nettes, massuées : énergie, violence.

Courtes mais très fines: indécision. Courtes et épaisses: volonté ferme, résolution.

Placées au-dessus de la lettre t, sans le toucher: esprit de domination.

Très bas: humilité, soumission.

Tracées de bas en haut et épaisses: despotisme. Fines: chicane.

Tracées de haut en bas: entêtement.

Placées après le t sans le toucher: caractère entreprenant, décision. En arrière: esprit rétrograde.

Les barres ayant un crochet au commencement: ténacité.

Formant une sorte de huit avec le t: esprit fantaisiste.

Placées régulièrement sans fioritures, elles dénotent un esprit ordonné, régulier, pondéré.

Les traits qui se trouvent parfois dans les lettres à la fin des mots sont des signes de prudence. Si ces barres se retrouvent fréquemment, on peut en déduire que c'est la marque d'un esprit exalté, enthousiaste qui, parfois, s'admire lui-même.

Lorsque les barres des t manquent, elles indiquent l'inattention, la négligence.

Jambages, boucles.

Les boucles du b, du j ou les hampes du t, du p, lorsqu'elles sont normales, dénotent un esprit pondéré et maître de soi.

Bizarres de formes, confuses : extravagance et peut-être folie.

Trop longues, dépassant les lignes : imagination déréglée et, généralement, peu de jugement.

Si les jambages et les barres longues dépassent les lignes et se confondent avec la ligne du dessous, tout en restant proportionnés avec le reste de l'écriture : signe d'enthousiasme, d'exagération, d'exaltation.

Marges.

Elles indiquent le goût et l'économie poussée parfois jusqu'à l'avarice.

Si elles sont irrégulières, elles démontrent un esprit sans aucune tendance artistique ; absentes : amour de son bien, allant jusqu'à épargner le papier.

Cependant, dans une lettre où les marges sont petites ou nulles, les blancs laissés entre les mots, leur espacement, annulent l'effet d'avarice provoqué par la marge absente ; et indiquent un esprit élevé, souvent un peu dédaigneux.

Les marges nettes indiquent la politesse, la soumission à la bienséance.

Les marges larges, les lettres trop espacées, démontrent le goût pour la dépense.

Celles qui sont grandes en haut, en bas, à gauche, signifient, pour des gens qui ont une écriture serrée et fine : générosité apparente, mais avarice instinctive.

Chez les esprits très généreux, prodigues, les marges s'élargissent de haut en bas.

Paraphes.

C'est pour ainsi dire, le portrait du signataire ; cela ne veut pas dire que sur un seul paraphe on puisse juger quelqu'un, mais les amateurs de graphologie y démêlent bien des choses.

Nous allons en énumérer quelques caractères généraux :

Paraphes en coup de sabre : esprit énergique, net, décidé, parfois querelleur.

Paraphes fulgurants : esprit rapide, ardent, passionné.

Paraphes en colimaçon, entourant le nom : esprit de coterie, égoïsme.

Paraphes en hameçon qui remontent en crochet après être descendus : égoïsme se modifiant.

Paraphes en boucle : esprit diplomatique, souple, preuve d'imagination, d'initiative, d'amour de l'intrigue.

Paraphes d'un trait, soulignant le nom d'un seul trait, onduleux et droit : esprit de suite, souplesse, calme, netteté d'idées.

Paraphes en massue : dureté, orgueil, despotisme.

Paraphes arachnéides, suite de lignes enchevêtrées : caractère souvent tortueux, esprit com-
mercial.

Un point ou un trait léger placé après la signature : défiance, prudence.

Si la signature est disgracieuse, elle dénote un
esprit bas et vulgaire. Si elle est élégante, légère,
artistique, elle détruit une partie des vices qu'elle
annonçait d'autre part.

Il existe aussi les signatures des grands esprits,
des rois, et souvent des orgueilleux qui ne portent que le nom seul, sans signature, comme pour
faire comprendre qu'ils se savent assez connus
pour n'avoir pas à faire comme les autres ; ils ai-
ment à se singulariser, en un mot.

Pour juger quelqu'un d'après son écriture, il
faudrait posséder de lui des extraits pris à diverses époques de la vie ou avoir la communication
de plusieurs lettres intimes avec leurs signatures
et la date de l'envoi.

Il faut, de plus, se bien pénétrer que l'écriture ne détermine pas d'une façon absolue le caractère du sujet, mais l'ensemble de son caractère à l'état brut, c'est-à-dire non cultivé ; par
conséquent, du vrai lui et non de celui que l'on
connaît.

Le graphologue doit commencer par chercher
l'impression générale donnée par l'écriture ; il
prend ensuite chaque document et en étudie les

moindres détails très attentivement, en se servant d'une loupe ; puis, auprès de chaque caractère, il inscrit le signe correspondant ; sur chacune des lettres prises isolément, il met également un chiffre, et il compare le résultat donné par chaque lettre. La moyenne obtenue donne la valeur relative du signe dans le caractère qu'il veut connaître.

Différents caractères expliqués par l'écriture

Distinction : Écriture harmonieuse quoique manquant de fioritures, formes correctes, magistrales.

Dignité : Écriture présentant des mots de la même hauteur, réguliers, espacés, des grandes majuscules, une signature discrète et élégante.

Délicatesse : Formes élégantes et très penchées.

Simplicité : Absence d'ornements et de fioritures, écriture simple.

Goûts élevés : Hampes allongées ; grandes majuscules.

Bassesse : Écriture appuyée souvent, vulgaire, sans régularité.

Bêtise : Majuscules mal formées ; ensemble lourd et malpropre ; hampes disproportionnées et grossières. Si le sujet est sot et vulgaire, les caractères sont désagréables à la vue et disproportionnés.

Courage : Traits tracés sans hésitation ; barres épaisses et longues. Les paraphes sont ordinairement simples et terminés par une pointe de droite à gauche et parfois à l'extrémité un croc en retour.

Fermeté : Cette qualité étant du même ordre que la précédente a des caractères à peu près semblables ; les angles, la rectitude des lignes, etc.

Franchise : Lettres de même hauteur, grossissant parfois vers la fin ; écriture très nette.

Ténacité : Même caractère, puis en outre, les mots sont liés ensemble, les barres des t sont longues et les f minuscules et majuscules sont barrées en retour.

Timidité : Barres fines et longues, le plus souvent descendantes sans netteté ; formes rondes et effacées, très sobres.

Prudence : Points placés un peu partout, à la signature, parenthèses multiples, écriture presque droite.

Méfiance : Mots du commencement gros ; ceux de la fin, petits.

Dissimulation : Même caractère que précédemment avec une écriture menue, illisible ou aérienne, lettres mal indiquées.

Malveillance : Caractères anguleux, droits, redressés, caractère agressif, écriture renversée avec des lignes gladiolées.

Égoïsme : Écriture présentant des crochets.

Cruauté, méchanceté : Mêmes caractères auxquels est jointe une écriture pâteuse.

Tracasserie : Écriture fine, pointue, dont les t sont
barrés en biais, du haut en bas.

Bienveillance : Écriture penchée sans angles et
beaucoup de courbes.

Bonté, sensibilité : Écriture inclinée, lettres souvent écartées les unes des autres ; les a et les o
sans fioritures et ouverts.

Gaîté : L'écriture plutôt inclinée et formant des
courbes ; barres des t courbées, la signature présentant de petits traits et généralement légère.

Critique, moquerie : Lettres et mots même liés
ensemble.

Tristesse : Lignes descendantes ; écriture remon-
tant pour redescendre ; exprimant la lutte entre
l'espoir et la désespérance.

Franchise : Lettres nettes, d'égale hauteur mais
grossissant parfois vers la fin.

Dissimulation, diplomatie : Écriture petite très
difficile à déchiffrer.

Flatterie : Écriture vulgaire, rampante, illisible
parfois.

Coquetterie : Écriture artificielle, à petites fioritures, à petites barres et petits crochets ; le paraphe se contourne comme des fils emmêlés.

Simplicité : Caractères nobles et simples.

Intuitivité : Lettres toujours juxtaposées mais
non pas liées entre elles, pas plus que les mots.

Déductivité : Lettres, au contraire, liées ensemble, quelquefois même aussi les mots et les phrases.

Pondération : Écriture mi-liée et mi-juxtaposée démontrant que les facultés sont partagées également entre la raison et l'imagination.

Arts : Écriture intuitive, simple, élégante, sans fioritures.

Sciences : Écriture fine, nette, simple et dans presque tous les cas déductive.

Paresse : Lignes irrégulières, lettres inégales sans angles ; points et ponctuation oubliés ou peu marqués.

Activité : Écriture rapide, peu lisible souvent ; les t sont souvent barrés au-dessous, c'est alors un signe de l'amour de la domination ; l'écriture en même temps épaisse indique l'amour des jouissances.

Légèreté, étourderie, désordre : Écriture négligée, mal formée, ponctuation omise presque constamment, t non barrés, et points en accents placés souvent bien après la lettre à laquelle ils sont destinés.

Constance : Écriture déductive, le plus souvent, lignes rapides, lettres égales.

Orgueil : Lettres grandes mélangées à de petites majuscules très longues ; l'écriture est, le plus souvent, artificielle ; les lettres de la signature disproportionnées démontrent amplement le caractère de celui qui les a tracées.

Simplicité : Écriture simple, plutôt banale, mais assez souvent délicate.

Égoïsme : De nombreux crochets terminent les lettres, surtout la lettre M.

Affectuosité : Inclinaison des lettres variant avec le degré de douceur.

Ambition : Écriture surtout remarquable dans la signature posée en biais.

Calme : Lettres régulières sans fioritures, égales en hauteur ; barres courtes ; presque pas de points de suspension, d'exclamation.

Colère : Écriture montant souvent au-dessus de la ligne et présentant des angles, des traits écrasés et des barres ; hampes et boucles désordonnées.

Enthousiasme : Écriture présentant les mêmes caractères avec des hampes bizarres et un abus excessif de points d'exclamation.

Économie : Écriture serrée, lettres rapprochées ; peu de marge, peu de blanc et de fioritures.

Prodigalité : Le contraire existe ; grandes marges, beaucoup de blanc, marges augmentant de bas en haut, lignes très espacées et courtes.

Avarice : Écriture tassée, lettres et mots liés ; pas de marge, pas de blanc, pas de barres et peu d'espace entre les lignes.

Chasteté : Traits longs et menus, secs, sans ornements ; plume légère, n'appuyant pas.

Sensualité : Traits pâteux, gros, appuyés, écrasés ; les lettres a et o parfois bouchées, tant les pleins sont appuyés. L'écriture très penchée annonce que les passions sexuelles dominent.

Esprits orateurs : Lettres souvent réduites à n'être formées que de barres.

Souplesse d'esprit : Écriture large en commençant la page et diminuant de grosseur à mesure que le papier lui-même est près de manquer.

Sens du goût : Élégance dans le tracé ; ensemble agréable quoique tracé énergiquement.

Sens critique : Écriture légère, liée, la plume ne quittant pas le papier, accents et points mis ensuite.

Affectation : Lettres très ornées, recherchées, surtout les majuscules.

Confusion : Lignes trop rapprochées, enchevêtrées ; majuscules ou hampes pénétrant dans les autres lignes ; caractères tracés avec mollesse.

Petitesse d'esprit : Écriture régulière, comme coulée dans un moule ; ponctuation et points mis régulièrement, pas de fioritures.

Bizarrerie : Apparence singulière ; lettres aux formes inusitées ; texte souvent affecté.

Extravagance : Traits précédents exagérés ; les lettres mises au rebours ou d'une forme particulière dénotent la tendance à la folie.

La divination par la conformation du crâne ou phrénologie.

La phrénologie est l'étude du caractère et des fonctions intellectuelles de chaque individu fondée sur la conformation du crâne.

Elle a été fondée par Gall qui, doué d'un esprit d'observation extraordinaire, fut conduit à faire la remarque qu'il amena plus tard à la hauteur d'une science.

Mais, bien avant les travaux de Gall, Camper avait conçu l'idée que l'intelligence humaine était en rapport direct avec le développement du cerveau et du front.

La phrénologie s'occupe principalement des rapports qui existent entre les fonctions, dont le cerveau est l'organe, et la conformation extérieure et osseuse de la tête.

Le crâne protège le cerveau contre le choc des corps extérieurs mais il ne le comprime pas. Il est petit en naissant puis il grossit à mesure que le cerveau augmente ; il change de forme, s'altère à chaque déformation ou altération du cerveau.

Les phrénologistes divisent les facultés en trois classes : les facultés intellectuelles, les facultés morales et les facultés instinctives ou animales.

Les premières sont comprises dans la partie antérieure de la tête ; les secondes dans la partie supérieure ; les troisièmes dans la portion postérieure et dans le cervelet.

Au-dessus de l'œil, une ligne sépare les facultés morales, en haut, des facultés instinctives, en bas ; le devant de la tête, front, tempes, yeux, est réservé aux facultés morales.

C'est par la physiologie du cerveau que Gall voulut prouver que l'on pouvait reconnaître les facultés ou les instincts par l'impression que le crâne avait subie.

Toutes les facultés sont innées, suivant lui. Il avait dénommé vingt-sept proéminences, dérivant des penchants particuliers à chaque homme.

D'après le tableau suivant, on pourra se rendre compte par soi-même du système de Gall :

1. — Siège de l'amour physique ; sens de la génération.

2. — Siège de l'amour paternel ou maternel.

3. — Organe de l'amitié, de l'attachement ; sens de la sociabilité.

4. — Organe du courage ; penchant aux combats, rixes, querelles ; défense de soi-même.

5. — Sens du meurtre et de la cruauté ; organe des instincts sanguinaires.

6. — Sens de la ruse, de la finesse ; organe du savoir-faire et de la ruse.

7. — Siège de l'instinct de la propriété, penchant à la convoitise, au larcin ; sens de l'avarice.

8. — Organe de l'orgueil, de la fierté, de la hauteur ; siège de l'amour, de l'autorité, penchant à l'élévation morale et physique.

9. — Sens de l'ambition, de la vanité ; amour de la gloire.

10. — Siège de la prévoyance, du sens, de la circonspection.

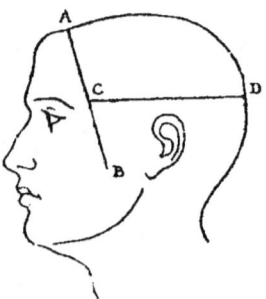

FIG. 23. — Divination. (Conformation du crâne.)

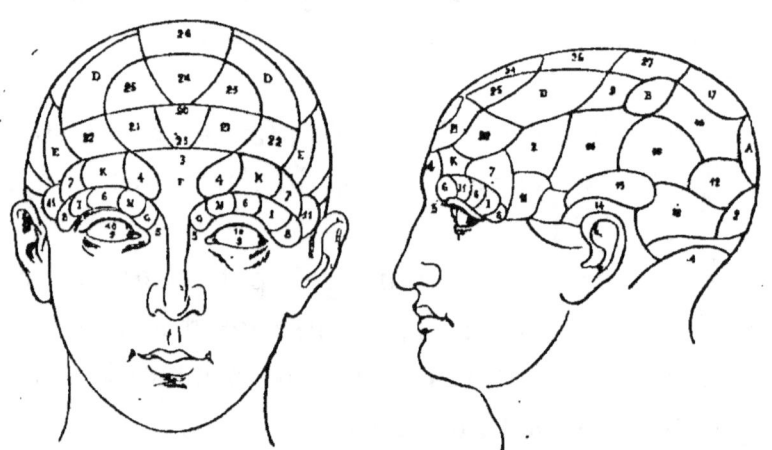

FIG 24. — Système de Gall. (Tête vue de face.)

FIG. 25. — Division des facultés en trois classes, système de Gall. (Tête vue de profil.)

11. — Siège de la mémoire, des faits et des choses ; éducabilité, perfectabilité.

12. — Sens des rapports de l'espace, des loca‿
lités.

13. — Siège de la mémoire ou sens des per‿
sonnes.

14. — Sens et mémoire des noms propres et
mots; mémoire verbale.

15. — Talent de la philologie ; sens du langage
parlé.

16. — Talent de la peinture ; sens des rapports
des couleurs.

17. — Talent de la musique ; sens des rapports
des sons.

18. — Aptitudes mathématiques; sens des rapports des nombres.

19. — Talent de l'architecture ; sens de méca-
nique et de construction.

20. — Siège de la sagacité comparative.

21. — Profondeur d'esprit ; siège de l'esprit
métaphysique.

22. — Siège de l'esprit de saillie et de causticité.

23. — Siège du talent poétique.

24. — Siège de la douceur, de la sensibilité, de
la bienveillance, de la bonté ; sens moral et de
conscience.

25. — Siège de la faculté d'imiter ; sens de la
musique.

26. — Sens de Dieu et de la religion.

27. — Sens de l'opiniâtreté, de la persévérance,
de la constance, de la fermeté.

Divination ou art de juger les hommes par leur physionomie ou physiognomonie

LE FRONT

Le front est de toutes les parties du visage la plus importante et la plus caractéristique. Un physionomiste habile peut, sur l'inspection seule du front, deviner les moindres nuances du caractère d'un homme.

Il existe trois sortes principales de fronts :

1° En arrière ou penchés ;

2° Perpendiculaires ou droits ;

3° Proéminents ou dont le sommet porte en avant.

Le front penché en arrière dénote généralement de la vivacité d'esprit, de l'imagination, un caractère plutôt timide et des idées délicates.

Le front droit ou perpendiculaire, depuis les sourcils jusqu'aux cheveux, n'est pas un signe d'esprit, et il est rare qu'on trouve, dans un front aussi bien fait, la moindre capacité. Mais si le front est perpendiculaire jusqu'aux deux tiers de sa hauteur et s'arrondit ensuite insensiblement avant d'arriver aux cheveux, il annonce un homme d'esprit sage, parfois profond et qui pense.

Le front proéminent qui se porte vers le sommet, en avant du visage, désigne un esprit borné, un malheureux caractère, une imagination faible, à moins que d'autres signes favorables ne rachètent ce mauvais pronostic.

En général, un front très élevé, avec un visage long qui se termine en pointe, est l'indice de la nullité des moyens.

Un front court, irrégulier, noueux, échancré, ridé, qui se plisse toujours différemment, et penché d'un côté, doit inspirer de la défiance.

Si les contours du front sont légèrement arrondis, ils font présumer un caractère flexible, une âme bonne.

Un front très osseux annonce un naturel querelleur, opiniâtre ; s'il est en même temps très charnu, il devient le signe de la grossièreté.

Un front large, carré, accompagné d'un œil franc, indique de la sagesse et du courage.

Un front saillant par le haut et arrondi puis descendant perpendiculairement sur l'œil, et qui semble plus large que haut annonce un cœur froid mais de la vivacité, du jugement et de la mémoire.

Un front allongé, avec une peau fortement tendue, qui ne se détend point, même à l'occasion d'une émotion, est l'indice d'un caractère caustique, froid, soupçonneux, rempli de prétentions et peu enclin à la générosité.

Un front qui serait bien ridé, dans sa moitié

supérieure et sans rides dans sa moitié inférieure annoncerait la stupidité.

Les rides obliques et parallèles annoncent un caractère soupçonneux, une tête faible.

Si ces lignes parallèles sont régulières, peu profondes, presque droites, elles sont l'indice d'un esprit droit, de jugement, de probité, de sagesse.

LES YEUX

Les grands yeux, accompagnés de sourcils longs, annoncent un esprit subtil, beaucoup de capacité, mais un caractère envieux, pauvre en mémoire et faible de jugement.

Les yeux noirs ouverts, avec les sourcils qui se croisent, annoncent un caractère dissimulé, méchant et trompeur.

Les yeux saillants, avec les sourcils courts, mal plantés, marquent un esprit fantasque, serviable, un peu prodigue.

Les yeux ronds qu'accompagnent des sourcils mal garnis annoncent un caractère faible, honteux, un petit esprit, un jugement lent, libéral et croyant tout ce qu'on lui dit.

Les yeux hagards et regardant de côté, avec des sourcils arqués signifient un esprit chicaneur, menteur, avare et aimant le scandale.

Les yeux variables, avec des sourcils près du

front indiquent un caractère orgueilleux, violent, admirateur du beau, luxurieux et séducteur.

LE NEZ

Un beau nez suppose toujours un esprit élevé et c'est de toutes les perfections la plus rare.

Les nez échancrés en profil indiquent un esprit docile, attentif, apte à recevoir des sensations délicates.

Les nez courbés au sommet sont l'apanage des natures dominatrices, impérieuses et tenant fortement à leurs idées.

Les nez perpendiculaires tiennent un juste milieu entre les deux tempéraments ci-dessus.

Les nez à l'épine large, droite ou courbée révèlent des facultés supérieures.

Les mêmes nez à racine étroite, dénotent un tempérament habile à trouver des expédients.

De petites narines indiquent une certaine incapacité et de la timidité.

Des ailes nasales écartées et mobiles marquent une grande délicatesse de sentiments mais un penchant à la sensualité.

Les grands nez marquent un tempérament physique bien équilibré et une grande probité.

Les nez camus appartiennent aux impudiques.

Les nez penchant vers la bouche n'appartiennent pas aux hommes généreux, gais et bons.

Les nez retroussés sont un signe de gaîté, d'espièglerie et de finesse.

LA BOUCHE

Les sentiments heureux comme les impressions tristes se révèlent dans l'expression de la bouche comme dans un miroir.

La joie en fait relever les coins, la douleur les abaisse ; l'aversion donne un mouvement en avant aux lèvres.

Des lèvres grosses bien proportionnées et dont la ligne de séparation est serpentée latéralement, sont incompatibles avec un esprit vil, méchant ou faux.

Des lèvres resserrées, aux bords presque effacés, sont l'indice du sang-froid, de l'exactitude, de la propreté et de la tenue.

Si cette même bouche remonte en même temps aux deux extrémités, elle annonce la vanité, l'affectation, la malice et, quelquefois même, l'immodestie.

Les lèvres charnues donnent la tendance à la paresse et à la sensualité.

La bouche forte et contournée suppose l'avarice et la timidité.

La lèvre supérieure, débordant un peu, indique la bonté.

La lèvre inférieure avançant quelque peu annonce l'indifférence ; creusée au milieu, elle est le signe de l'enjouement.

Une bouche ouverte est l'annonce de l'irrésolution ; fermée, c'est le contraire.

LES DENTS

Lorsqu'elles sont petites et courtes, elles indiquent une grande force physique.

Les dents longues annoncent la timidité, la faiblesse.

Les dents larges et serrées sont un signe de longévité.

LE MENTON

Le menton en retrait est un signe de faiblesse morale ou physique.

Le menton perpendiculaire à la lèvre inférieure peut inspirer la confiance.

Le menton pointu dénote un esprit délié et actif.

S'il forme l'anse, il désigne l'homme méticuleux et même avare.

S'il est avancé, il dénote un caractère ferme.

S'il est mou et charnu, il marque la sensualité.

Le menton angulaire appartient aux esprits impartiaux, justes et équitables.

Le menton plat indique la froideur et la sécheresse.

S'il est petit, il dénote la timidité.

S'il est rond et percé d'une fossette, c'est l'annonce de la bonté.

Si le menton est fendu par le milieu, il indique la résolution, le calme.

LES OREILLES

Lorsqu'elles sont larges, unies, sans être arrondies dans leurs contours, elles annoncent le goût de la musique.

Si elles sont massives et arrondies elles dénotent des gens de capacités très ordinaires.

Étroites et arrondies, elles annoncent des qualités supérieures.

Sans rebords, c'est le signe de la sottise.

Collées à la tête, elles dénotent l'entêtement uni à la bêtise.

Détachées, elles annoncent la capacité et la franchise.

SPIRITISME

DU SPIRITISME

Le spiritisme est la manifestation de l'esprit de l'homme (ou partie immortelle) qui, après sa mort, peut prendre communication avec les êtres vivants, à l'aide de moyens que nous parviendrons à connaître complètement dans un avenir prochain.

Le temps passé sur terre par toute créature n'est certainement qu'une période d'épreuves servant à sa rénovation jusqu'à ce qu'elle soit parvenue à mériter la récompense due à ses efforts.

Dans l'homme, il y a trois parties bien distinctes : l'âme, le périsprit et le corps.

L'âme qu'on appelle l'esprit est la partie d'où découlent la volonté, l'intelligence et la conscience.

Le périsprit (autour de l'esprit) est pour l'esprit comme un vêtement qu'il est possible de quitter.

Le corps est l'enveloppe extérieure des deux autres parties.

Ainsi munies d'un corps aériforme, les âmes des défunts vivent sur la terre, dans d'autres planètes ou dans des atmosphères plus élevées encore, suivant leurs mérites.

Elles peuvent entrer en communication avec les êtres vivants qui les évoquent.

Si la perfection n'a pas été atteinte encore par certaines âmes, elles reprennent un corps dans un temps plus ou moins éloigné ; puis elles recommencent à lutter pour atteindre leur but. Malheur à celles qui retournent en arrière !

Le périsprit, après la mort, se dégage peu à peu du corps ; dès lors, l'âme va retrouver les habitants de l'espace pour lesquels elle naît, tandis qu'elle meurt ou semble mourir pour ceux de la terre, aux yeux desquels elle devient invisible.

Cependant, dans son nouvel état, les facultés de l'esprit ne sont point amoindries, elles sont au contraire plus affinées, n'étant plus entravées par le corps, pauvre enveloppe bornée et grossière !

Les parents et amis des défunts peuvent servir très utilement les intérêts de ceux qu'ils ont aimés, en faisant à leur intention des œuvres méritoires, telles que des aumônes, des prières, des sacrifices de toutes sortes en ayant soin de les offrir à Dieu pour eux.

La base des religions qu'on pratiquera plus tard sera le lien entre les morts et les vivants. On aura alors la joie de communiquer, autant qu'on le désirera, avec les chers disparus et ce sera pour les peuples futurs une consolation accompagnée de l'espérance de les revoir un jour.

Des médiums

Nous avons déjà dit que, pour qu'un esprit se communique, il faut que, sur terre, il trouve le périsprit d'un vivant capable de s'allier avec le sien et que nous nommons médium.

Par l'intermédiaire des médiums, les esprits peuvent faire tourner des tables, des chaises, des meubles quelconques.

Ces médiums, obtenant des phénomènes physiques, sont dits médiums physiques.

On nomme médiums typtologues, ceux qui obtiennent les coups frappés dans les tables et qui communiquent avec les esprits au moyen d'un alphabet convenu.

Mais, les esprits évoqués sont plus ou moins bons ou mauvais, savants ou ignorants, faibles ou puissants ; de là des expériences fort différentes.

Dans certains cas, l'esprit se substitue complètement au médium ; alors, ce dernier change de physionomie, le timbre de sa voix s'altère et c'est l'esprit qui parle et lui, médium, n'a aucune part à la conversation.

Cette substitution de l'esprit au médium est dite incarnation et ces phénomènes sont appelés psychiques.

Parfois, l'esprit se montre aux vivants en condensant de la matière autour de lui ; c'est ce qu'on appelle les phénomènes fluidiques.

Lorsqu'un esprit apparaît aux yeux des vivants sous une forme matérielle, il constitue ce que l'on nomme la matérialisation.

On appelle apports les traces laissées par l'esprit lors de son passage, par exemple : les objets venus directement à travers les murs.

Le médium, à l'état de sommeil magnétique, se trouve dans trois états distincts qui peuvent se succéder en lui et apportent avec eux tout un ordre de phénomènes différents :

1° Cet état favorable aux faits télépathiques et à la transmission de la pensée est l'état léger d'hypnose.

2° L'état qui permet au corps fluidique du médium de s'extérioriser et d'agir à distance est le sommeil magnétique.

3° Le sommeil médianimique ou sommeil profond, qui peut être provoqué soit par des expérimentateurs soit directement par l'esprit.

C'est à la faveur de ce sommeil que se produisent les apparitions, les matérialisations, la lévitation du médium.

On peut subdiviser les faits spirites en quatre classes : le phénomène des tables, l'écriture automatique, l'incorporation et les matérialisations.

La typtologie ou phénomène des tables tournantes

ALLAN KARDEC

Le promoteur des curieux phénomènes obtenus par l'entremise des tables fut Hippolyte Denizart Rivail, plus connu sous le pseudonyme d'Allan Kardec.

Il naquit à Lyon en 1808 et mourut à Paris en 1869.

Fils d'un avocat de Lyon, il vint plus tard à Paris, où il prit la direction du théâtre Marigny.

Bientôt ses idées le poussèrent à adapter la croyance nouvelle (communication des morts avec les vivants) aux dogmes de la religion chrétienne, et sa théorie a servi de base à tous les travaux entrepris depuis dans cette voie.

Cette nouvelle philosophie, de conception très simple, possédait des qualités de clarté et de précision qui furent la cause initiale du succès qu'elle obtint et ne fit que croître.

C'est ainsi que des sujets, entourés jusque-là de brouillards et d'indécision, parurent aux yeux de tous, dégagés de tout voile et devinrent faciles à expliquer très clairement.

Les facultés et la nature du périsprit (enve-

FIG. 26. — Allan Kardec l'illustre spirite.

loppe seconde de l'esprit) inconnu jusqu'alors, forment la principale étude qu'ait faite Allan Kardec et, toujours, l'on verra les doctrines spirites graviter autour de celles de cet homme extraordinaire.

Après avoir médité sur ce sujet si passionnant, il fut amené, après avoir réduit les âmes à l'état le plus pur, à les avoir dématérialisées, à les rattacher par un fluide, aux âmes terrestres ; cette force produite par ce fluide se retrouvait dans les essais que l'on venait de faire en Amérique.

On s'étonnera moins des travaux émanant d'une pensée saine et généreuse accomplis par un homme semblant voué au plaisir et à la joie par sa situation au milieu de gens dont la vie se passait plutôt dans le rire et les orgies, quand on saura que, dès sa plus tendre jeunesse, il s'était adonné à l'étude de la philosophie. Aussi, lorsque parurent en France les premières manifestations spirites, il se trouva capable de les examiner avec fruit.

Pendant près de dix ans, il s'adonna à cette étude et arriva à se convaincre, par des faits dont on ne peut douter, de son importance et de sa véracité.

Il eut l'idée de prendre, comme objet de communication avec les morts, une table ou un simple guéridon.

Ses prévisions ne tardèrent pas à s'accomplir : innovateur patient, il ne se laissa pas rebuter par l'insuccès des débuts et reconnut que le spirite ne doit pas provoquer les manifestations mais les laisser se présenter d'elles-mêmes.

Par le spiritisme, chacun de nous peut se convaincre que la vie terrestre n'est plus un temps d'épreuves, ainsi que l'enseigne la religion chrétienne, mais un passage nécessaire destiné à participer à la vie de son âme. Dans le monde des esprits, on veille sur le vivant, accablé sous le poids de l'infortune, et, s'il a appris à connaître qu'il a parmi eux un guide sûr, il sera par lui conseillé et conduit dans la voie qui lui sera le plus salutaire pour son avancement dans le bien.

Moyen pour faire tourner les tables

Le moyen le plus ordinairement employé pour obtenir des phénomènes psychiques est celui d'une table ou d'un guéridon à trois pieds, assez léger pour se déplacer facilement; on peut opérer également avec tout autre objet, chapeau, corbeille, etc.

Quelques personnes se placent autour de la table et appliquent à plat leurs mains dessus.

L'expérience doit être faite dans le silence.

Les assistants, au bout d'un certain temps, ressentent dans les avant-bras et les mains des fourmillements occasionnés par la fatigue imposée par la position fixe qu'ils doivent bien se garder de quitter.

FIG. 27. — Table tournante.

La table fait entendre bientôt de légers craque-
quements, puis enfin elle s'ébranle et se livre à
des mouvements plus ou moins désordonnés.

Les expérimentateurs doivent suivre la table
en tenant toujours, autant que possible, les doigts
dessus. Afin de renforcer les phénomènes, on
peut aussi former une chaîne magnétique autour
de la table en se touchant réciproquement le petit
doigt.

Puis, on interroge la table, après avoir convenu
que deux coups signifient *non*, un coup *oui;* puis,
si l'on veut converser avec le meuble, on frappe
autant de coups qu'il en faut pour arriver aux
lettres de l'alphalet qui doivent former le mot.

Exemple : Question : Que représentes-tu, ô table ?

Réponse : Ta mère !

Explication-Lettres : t, 20 coups; a, 1 coup ; m,
13 coups ; e, 5 coups ; r, 18 coups ; e, 5 coups.

En dehors des coups frappés, on a vu, dans un
grand nombre de cas, les esprits se manifester
par le déplacement et même l'enlèvement, au-dessus du sol, de la table ou de l'objet léger, autour
duquel les gens sont réunis les mains étendues.

Le Dr Lombroso, le célèbre criminaliste ita-
lien, nia d'abord ces phénomènes mais se con-
vertit, après avoir été témoin d'expériences irréfutables, ainsi que nous allons en juger par ses
paroles mêmes.

« Peu de savants furent plus incrédules que moi en matière de spiritisme.

« Il me fut offert précisément à cette époque, d'étudier des phénomènes chez un médium, extraordinaire, Eusapia Paladino.

Eusapia Paladino

« J'acceptai avec empressement, d'autant plus que je pouvais l'étudier avec d'autres aliénistes distingués qui étaient aussi sceptiques que moi dans cette matière, et qui pouvaient m'aider à contrôler les observations.

« Après avoir pris les plus grandes précautions possibles, nous examinâmes la femme avec la méthode de psychiatrie moderne, et nous lui trouvâmes l'obtusité tactile, des troubles hystériques et de profondes cicatrices à l'os pariétal gauche.

« Nous lui liâmes un pied et une main avec un pied et une main des nôtres, Tamburini et moi, puis nous commençâmes et terminâmes les expériences avec une lampe allumée.

« L'un de nous, de temps à autre, allumait une allumette pour empêcher des tromperies quelconques.

« Sur la demande d'un ami du médium, on entendit des coups dans l'intérieur de la table, et ces coups répondaient parfaitement, dans leur

FIG. 28. — Eusapia Paladino.

langage spirite et conventionnel, aux demandes qui lui étaient adressées sur l'âge des personnes présentes et sur ce qui devait arriver et *qui arriva* par l'intervention d'un esprit.

« La lumière fut éteinte et l'on entendit des coups plus vigoureux frappés dans la table et, aussitôt, une sonnette, placée sur une table à la distance de plus d'un mètre d'Eusapia, se mit à sonner et à tourner sur nos têtes. Elle se plaça ensuite sur notre table, puis enfin sur un lit éloigné d'environ deux mètres du médium.

« Pendant qu'on entendait le bruit de la sonnette qui remuait en l'air, le Dr Asceaci qui s'était placé derrière Eusapia, alluma une allumette et put voir la clochette lancée en l'air justement au moment où elle allait tomber sur le lit derrière le médium.

« J'entendis, moi, qu'on m'ôtait ma chaîne et qu'on me la replaçait ; puis un grand rideau qui se trouvait à un mètre de distance d'Eusapia et qui séparait une alcôve de la chambre, se souleva, comme agité par un coup de vent et m'enveloppa tout entier.

« Je réussis avec beaucoup de peine à le soulever. Mes autres compagnons observèrent à dix centimètres de ma tête et sur celle du professeur Tamburini des petites flammes jaunâtres.

« Ce qui nous frappa le plus, ce fut la transfusion d'une assiette de farine de telle sorte que la

farine restait unie et coagulée comme de la géla-
tine.

« On avait placé cette assiette derrière l'alcôve,
à un mètre et demi de nous.

« Eusapia avait pensé la remuer, mais d'une
autre manière que cela se produisait.

« Elle nous avait dit : « Faites attention, je vais
« vous jeter sur la figure de la farine qui est ici. »

« On alluma la lampe, nous brisâmes la chaîne
que nous formions autour de la table, et nous
vîmes la farine renversée. »

Mouvement sans contact

La Société dialectique de Londres, présidée par
le savant naturaliste John Lubbok et composée
de savants les plus estimés, se décida à démontrer par des investigations inattaquables que les
phénomènes étaient réellement dus aux esprits.

Nous citerons une de leurs expériences; celle
du mouvement obtenu sans contact:

Une table ayant été examinée avec soin, tour-
née sens dessus dessous et reconnue non fraudée,
l'expérience commença en pleine lumière du gaz.

Mais on ne pouvait avoir la certitude que le
mouvement ou les sons perçus ne fussent pas
l'œuvre de quelque assistant, tant qu'il y avait
possibilité de contact entre lui et la table.

Pour effacer tout doute, voici ce qu'imaginèrent les membres de la Société.

Depuis quarante minutes, ils étaient assis autour de l'une des tables de la salle à manger déjà décrites, et, lorsque déjà des mouvements et des sons variés s'étaient produits, ils tournèrent les dossiers des chaises vers la table, à neuf pouces environ de celle-ci ; puis, plaçant les bras sur les dossiers, ils s'agenouillèrent.

Leurs pieds, dans cette position étaient nécessairement tournés en arrière, loin de la table, et par conséquent, ne pouvaient toucher le parquet.

Les mains de chaque personne étaient étendues au-dessus de la table, à environ quatre pouces de sa surface.

Il ne pouvait donc y avoir aucun contact avec une partie quelconque de la table sans qu'on s'en aperçût. Cependant, en moins d'une minute, la table se déplaça quatre fois ; la première fois d'environ cinq pouces d'un côté, puis de douze pouces du côté opposé, ensuite de quatre et six pouces.

Les mains furent ensuite placées sur les dossiers des chaises à un pied environ de la table qui fut mise en mouvement cinq fois, avec un déplacement variant entre cinq et six pouces.

Toutes les chaises furent enfin écartées de la table à la distance de douze pouces, et chaque personne s'agenouilla sur sa chaise comme précédemment, mais cette fois en tenant les mains derrière le dos et, par suite, le corps placé à peu près à dix-huit pouces de la table, le dossier se trouvant ainsi entre l'expérimentateur et la table. Celle-ci se déplaça quatre fois, dans des directions variées.

L'imposition des mains d'un médium au-dessus d'une balance en augmente ou diminue le poids d'une façon très notable.

Crookes, se méfiant des balances, imagina de faire des expériences sur une planche posée en équilibre sur un pied. On put remarquer que, par la simple imposition des mains du médium, la planche, au commandement qui en était fait, s'abaissait, s'élevait ou restait en équilibre du côté du médium malgré les poids parfois très lourds placés à l'autre extrémité.

Les spirites religieux pensent qu'on doit commencer les expériences par la prière ; aussi, dans bien des séances, entend-on des suppliques au Créateur, ainsi que des invocations au bon guide prononcées à haute voix par le médium.

Un profond recueillement de la part de tous est indispensable dès que la séance est ouverte. Aucune forme particulière d'évocation n'est indiquée ; voici cependant quelques phrases prononcées le plus souvent au cours de diverses réunions.

« Au nom de Dieu, du Fils et du Saint-Esprit,

si, parmi nous, un esprit est présent, qu'il veuille bien se manifester à nous, par un mouvement ou un coup frappé dans la table. »

On dit encore : « Chers esprits, daignez vous communiquer à nous au nom de Dieu. »

Ou bien : « Au nom du Dieu tout puissant, je prie l'esprit (un tel) de vouloir bien se communiquer à nous, de nous assister, et surtout qu'il écarte les mauvais esprits. »

Ces prières ne sont pas, certes, indispensables, mais elles ne peuvent nuire aux expériences.

On pose alors à l'esprit une question, après avoir convenu qu'un coup signifierait oui, deux coups, non.

« Es-tu là, esprit ? »

« Veux-tu communiquer avec nous ? »

« Qui es-tu ? »

« A qui veux-tu parler ? » etc.

Pour aller plus vite, au lieu de frappements pour chaque lettre, 1 pour A, 2 pour B, etc., on peut tracer sur un carton les lettres de l'alphabet, les chiffres, ainsi que les mots oui et non, puis on suit du doigt ce tableau ; un coup de la table avertit qu'on touche le signe nécessaire et l'on note au fur et à mesure jusqu'à ce qu'un signe convenu avertisse de la fin de la communication.

Ce procédé est encore lent, aussi a-t-on trouvé le moyen de correspondre avec les esprits par l'écriture directe, dont nous parlerons un peu plus loin.

Il ne faut se livrer à des expériences de spiritisme qu'avec un esprit reposé, lucide, et sans inquiétude.

Le médium, lui, remplit une fonction délicate, sinon dangereuse et, lorsque les séances sont répétées trop souvent, elles peuvent affaiblir le sujet, surtout s'il est nerveux; l'excitation cérébrale peut occasionner en lui des troubles qui peuvent ébranler sa santé.

Les personnes faibles et surtout les enfants ne doivent pas remplir ce rôle; de plus, les médiums ne doivent avoir qu'un but : le bien de l'humanité et ce travail de régénération pour ses semblables lui sera payé plus tard, lorsque lui-même ira rejoindre les esprits, ses amis, qu'il aura si souvent pris pour guides.

Souvent, les médiums se sont perdus par l'orgueil; il s'agit donc qu'ils chassent ce vice de leur cœur et le contraignent à l'humilité ainsi qu'à l'amour du prochain; l'homme égoïste ne saurait remplir le rôle d'intermédiaire entre les esprits évoqués et ceux qu'il assiste. L'amour seul peut faire franchir le mur qui sépare notre monde inférieur du monde supérieur habité par ceux qui ont quitté la terre.

Doubles de personnes vivantes.

Beaucoup de gens se moquent ou tout au moins rient du spiritisme, se croyant infiniment au-dessus de ceux qui le pratiquent. Mais, consolons-nous, nous autres croyants, de ces sourires, de ces haussements imperceptibles d'épaules que nous adressent ces soi-disant esprits forts, en pensant que des hommes d'une intelligence peu commune se sont abaissés comme nous à y croire.

Auguste Vacquerie, dans les *Miettes de l'Histoire*, a relaté comment il fut amené à croire au spiritisme. Il se trouvait à Jersey avec Victor Hugo, à l'époque de son exil. Une femme spirite convaincue, Mme de Girardin, vint aussi voir le poète et, devant lui, fit quelques expériences, dont une convaincante au plus haut point.

Après cette séance, il en conclut qu'il fallait reconnaître l'existence des esprits et qu'il est très admissible que, puisque nous avons au-dessous de nous tant de races inférieures, il peut y en avoir autant de supérieures au-dessus de nous. Une table, dit-il, peut servir de communication entre l'homme et les esprits; c'est un moyen mis à notre portée pour arriver au but; il n'y a donc aucune objection raisonnée entre ce phénomène de tables, etc.

Camille Flammarion a sacrifié aussi au spiritisme.

Victorien Sardou, esprit délicat et élevé, a pratiqué le spiritisme avec ferveur : Bernard Palissy, Mozart sont ses esprits favoris.

A son point de vue, les corps sont fluidiques mais de même forme que les corps humains, seulement plus pure et plus belle.

Il sera intéressant pour le lecteur de lui parler de certains phénomènes assez rares qui se produisent parfois ; ce sont les apparitions de doubles de personnes vivantes :

Dans l'ouvrage d'Aksakof et de Crookes, nous puisons les faits suivants que nous rapportons intégralement : A environ trente-six milles anglais de Riga, existait un institut pour jeunes filles. Le nombre des jeunes filles, presque toutes de familles livoniennes nobles, était de quarante-deux. L'une des maîtresses était une Française, née à Dijon et nommée Mlle E. Sagée ; elle était grande, élancée et avait des yeux bleus et des cheveux châtains ; son caractère était aimable, doux et gai, quoique un peu timide, et son tempérament était nerveux et assez excitable.

Intelligente, d'une éducation parfaite, elle obtint les suffrages de ses directeurs. Elle avait alors trente-deux ans.

Quelque temps après son entrée dans la maison, on racontait sur son compte maints faits

bizarres qui se renouvelaient à différentes repri-
ses. Ainsi des jeunes filles prétendaient l'avoir ren-
contrée dans un corridor, tandis que d'autres assu-
raient l'avoir vue dans l'escalier au même moment.

Émues et effrayées, les jeunes filles en parlè-
rent à d'autres maîtresses qui n'attachèrent aucune
importance à ces faits.

Cependant, les choses en arrivèrent à un tel
point qu'il leur était impossible de croire à une
fantaisie ou à une erreur.

Émilie Sagée donnait un jour une leçon à treize
élèves ; or, pour mieux faire comprendre sa démonstration, elle l'écrivit au tableau noir ; les
jeunes filles présentes aperçurent alors deux de-
moiselles Sagée, l'une à côté de l'autre ; mais la
personne véritable avait à la main la craie et
écrivait, tandis que son double se contentait d'imiter les mouvements et n'avait pas de craie.

Toutes les jeunes filles sans exception ayant vu
la seconde forme, il y eut une grande sensation
dans l'établissement.

Des phénomènes semblables continuèrent à se
produire : ainsi l'on voyait de temps à autre au
dîner le double de l'institutrice, debout derrière
sa chaise, imitant ses mouvements, tandis qu'elle
mangeait, mais sans couteau ni fourchette ni nourriture entre ses mains.

Parfois quand Mlle Sagée se levait de chaise, le
double restait assis.

Écriture spirite

Les phénomènes produits par des coups dans les tables, dans les murs ou différents meubles sont à coup sûr probants, mais très lents à obtenir ; beaucoup de spirites préfèrent obtenir la transmission de la pensée par le moyen de l'écriture.

Pour obtenir cette écriture, dite écriture directe, il faut d'abord se recueillir, prier et enfin évoquer l'esprit avec lequel on désire converser.

Plaçant une feuille de papier sur une table, on peut, à l'aide d'un crayon tenu d'une manière ordinaire, obtenir des caractères tracés par l'esprit évoqué ; mais il est plus commode de se servir d'une petite planchette taillée en forme de roue et percée au milieu d'un trou dans lequel on entre solidement un crayon ; entourant la roulette de ses dix doigts, on suit le mouvement imprimé au crayon et le résultat est satisfaisant d'autant plus que la personne possède du fluide et que l'esprit veuille bien répondre à l'évocation.

Quelques personnes ont aussi tenté d'armer d'un crayon le pied d'une table, mais ces derniers procédés n'ont souvent donné que des caractères vagues et souvent illisibles ; le premier est plus sûr. Lorsque l'esprit est près de se manifester, on s'en aperçoit à un léger frémissement dans l'avant-bras ; alors, sans mouvement volontaire, la main s'agite et trace des caractères qu'il est souvent très facile de déchiffrer, mais dont la forme est parfois indécise.

Un phénomène très curieux est celui qui s'obtient en mettant entre deux ardoises ficelées un bout de crayon d'ardoise ; sous l'influence de l'esprit, le crayon écrit des phrases entières très nettes sur les ardoises.

Photographie spirite

PHOTOGRAPHIE DU DOUBLE D'UNE PERSONNE VIVANTE

On raconte qu'un photographe prenait le portrait d'un groupe de quatre personnes. Après avoir développé la plaque, on aperçut le portrait d'un cinquième personnage placé derrière les autres ; il ne fut pas difficile de reconnaître en lui le double d'un aide qui avait donné les poses voulues aux personnes qui composaient le groupe et l'on put se convaincre aussi que l'image était bien reproduite sur le collodion.

Force psychique. Lévitation

La force psychique apparaît dans certaines expériences, mais on ne peut en donner logiquement une explication. Elle nous semble, comme la lumière, la chaleur, purement matérielle. Des gens

FIG. 29. — Force psychique. Élévation des corps matériels 'sans contact.

instruits ont fait des expériences nombreuses qui ne laissent aucun doute sur la réalité des faits. William Crookes, l'un des membres les plus illustres de la Société royale, voulut expérimenter par lui-même les faits incroyables que tant de savants avaient annoncés et donnés comme vrais.

Ses expériences consistèrent d'abord à élever en l'air des objets lourds en posant les mains dessus; ainsi un guéridon, un buffet, s'élevèrent de plusieurs centimètres au-dessus du plancher.

Des personnes mêmes furent aussi élevées au-dessus du sol; une dame, assise sur une chaise, fut élevée de plusieurs pouces au-dessus du plancher et, sous l'imposition des mains, elle resta ainsi pendant dix secondes environ et redescendit lentement.

Au pays des Fakirs

Dans l'Inde, cette vaste presqu'île, berceau presque certain de notre race, près de deux cents millions d'Hindous sont encore fidèles au culte de Brahma. Cependant, ils reconnaissent trois cents millions de dieux, ce qui signifie qu'ils ont divinisé toutes les forces et tous les objets de la nature.

Le renom des brahmanes, dépositaires et commentateurs des livres sacrés des Védas, est justifié par les austérités extraordinaires auxquelles ils se soumettent de plein gré. Les souffrances

effroyables qu'ils parviennent à supporter mon-
trent jusqu'à quelles limites l'organisme humain
peut braver la douleur quand il le veut puissamment.

Du reste, le brahmane est prêt à subir les tortures les plus invraisemblables, pour s'attirer les
bonnes grâces de Brahma et mériter son salut.

Ainsi, l'on voit parfois, dans des rues écartées
de l'Inde, un homme se tenant dans une position
extraordinaire ; sa tête et ses épaules sont main-
tenues rigides par de lourdes chaînes ; il lui est
alors impossible de marcher et de s'étendre ; à
peine peut-il remuer quelque peu les jambes.
C'est un brahmane accomplissant une pénitence
pour le pardon d'une faute souvent bien minime ;
depuis bien des années, il se tient dans cette douloureuse position et la conservera peut-être longtemps encore ; heureux s'il croit ainsi avoir mé-
rité son pardon.

Quelquefois, un de ces saints hommes se fait
enfermer dans un caveau muré avec de la terre.
Il parvient à retenir son souffle, d'abord quelques
minutes, puis des heures entières. Chaque semaine, il se fait faire une petite incision sous la
langue de manière à la retourner et boucher ainsi
toute l'arrière-gorge.

Quand le moment de se faire complètement
murer est arrivé, il fixe le bout de son nez, re-
tourne sa langue dans sa bouche ; on enduit alors

tout son corps de cire afin d'en boucher tous les orifices et on l'enferme dans un cercueil placé dans un caveau muré. Le saint homme reste ainsi de trois semaines à quatre mois. Au bout de ce temps, le caveau est ouvert, les pièces du cercueil détachées, le corps retiré ; sur la tête on verse de l'eau chaude ; puis on frictionne le corps tout entier après lui avoir enlevé les tampons de cire ; ensuite on remet sa langue dans sa position naturelle. On continue les frictions pour réchauffer le patient qui, au bout d'une demi-heure environ, reprend ses sens et ouvre les yeux.

Ces faits peuvent paraître incroyables mais ils ne doivent cependant pas être mis en doute, ainsi qu'en témoigne le fait suivant que nous allons signaler au lecteur.

Un général anglais, qui avait toujours été sceptique, déclarait qu'il était impossible que la vie d'un homme fût suspendue pendant trente jours, c'est-à-dire pendant le temps nécessaire pour permettre à l'avoine de croître sur le tertre, et qu'il fût ramené ensuite à son état naturel.

Des touristes vinrent visiter le général et tous exprimèrent l'avis qu'il était impossible, sans supercherie, de suspendre l'existence d'un individu quelconque.

Le général, pour satisfaire ses amis et lui-même, fit venir un Hindou et lui demanda de leur révéler le secret de ces expériences. Ce dernier refusa mais il se montra disposé à faire une démonstration publique.

Les préparatifs furent faits dans ce but : on construisit un tombeau ainsi qu'un caveau en pierre pour le recevoir.

Fɪɢ. 30. — Au pays des Fakirs. L'Hindou enterrant son sujet vivant pour une durée de trente jours.

L'Hindou arriva alors avec un compagnon auquel il ôta son habit et entoura d'un linceul. La vie suspendue ainsi que nous l'avons décrit plus haut, le cercueil fut placé dans le caveau et la porte pouvue du sceau royal. Les soldats anglais, de plus, montèrent la garde pendant trente jours.

A l'expiration de cette date, l'Hindou parut en présence du général et de ses amis, accompa-

FIG. 31. — Au pays des Fakirs. L'Hindou éveillant son sujet.

gnés d'une compagnie de sept cents officiers anglais et de soldats.

On ouvrit alors le caveau, et le corps sorti par l'Hindou ne donnait pas la moindre apparence de vie. Cependant l'Hindou commença à faire des passes et commanda au sujet de s'éveiller ; après un certain temps, le corps commença à remuer et l'on put se rendre compte, par la légère coloration du visage, que la circulation du sang était rétablie.

En moins de cinq minutes alors, le sujet ouvrit les yeux, s'assit et regarda autour de lui comme s'il s'éveillait d'un sommeil naturel.

Lorsqu'on lui eut demandé s'il avait quelque souvenir de son sommeil, il répondit qu'il n'avait pour ainsi dire pas vécu depuis trente jours, et qu'il ne pouvait se souvenir de rien.

Un Hindou, devant des spectateurs qui n'en pouvaient croire leurs yeux, fit croître un arbre !

Bien des siècles avant l'ère chrétienne, le Yogi ambulant, ou prêtre de l'hypnotisme, pratiquait l'art de l'influence personnelle sur les bords du Gange. L'histoire nous raconte de quel respect il était entouré par les Orientaux, et le Rajah se promenant sur le dos de son éléphant descendait de son siège pour le saluer.

Son influence est telle encore aujourd'hui que d'un regard ou d'un mouvement de sa main puissante il endort les assistants bien malgré eux.

Les fakirs ont aussi le pouvoir de soulever, par la force de leur volonté seule, un individu de

FIG. 32. — Au pays des Fakirs. Fait croître un arbre devant les spectateurs étonnés.

terre et de le tenir ainsi suspendu en l'air un certain temps.

Ils ont aussi celui d'accélérer la végétation des plantes au point de les faire croître en quelques heures d'autant qu'elles le feraient normalement au bout de quelques mois. Pour cela, il convient de prendre une graine quelconque, pourvu qu'elle soit humide, et de la mettre dans un vase que vous donnez au fakir ; celui-ci, étendant les mains sur le vase, ne tarde pas à tomber en catalepsie.

Le fakir, au bout de deux heures environ, sort de sa torpeur, et l'on aperçoit une petite plante de dix à vingt centimètres de haut. Pendant les deux heures de catalepsie, le fakir est demeuré les bras étendus, les yeux ouverts et fixes et d'où semblaient s'échapper des effluves magnétiques.

Comme on a pu le voir dans ces quelques pages consacrées aux Hindous, ce peuple est digne du plus haut intérêt. Suivre leurs traces doit être le but que doit poursuivre toute personne désireuse de progresser dans la pratique du bien et du merveilleux.

Baguette divinatoire

Les partisans de la rabdomancie ou divination par la baguette sont en grand nombre aux États-

Unis. Ils assurent qu'au moyen d'une baguette de coudrier ils peuvent découvrir les sources.

Cette baguette est formée d'une fourche en bois de coudrier, autant que possible, et tenue les mains renversées, c'est-à-dire la paume en dessus. Le devin, muni de cette baguette, marche sans secousses et légèrement. Arrivé sur un minerai caché dans la terre ou sur une source, la pointe de sa fourche se met perpendiculairement à la surface du sol et s'incline.

L'art du devin est plus répandu dans les États du Sud où l'eau n'est pas très pure ni très abondante.

Ces devins découvrent non seulement la position des sources, mais ils en déterminent la profondeur. Ayant le point où la baguette se dirige vers la terre bien verticalement, ils s'en éloignent progressivement jusqu'au point où ses mouvements commencent.

Des points forment autour du premier un cercle dont les rayons indiquent la profondeur de la source.

D'autres devins tiennent la baguette par l'une de ses tiges seulement, puis, arrivés dans la verticale d'une source, la baguette, par son élasticité et l'attraction de la source, éprouve des vibrations dont le nombre dépend de la profondeur de cette source.

Nous ne nous arrêterons pas davantage sur ce

sujet, ayant voulu simplement l'effleurer pour prouver aux lecteurs que des croyances populaires du XIᵉ siècle se sont propagées dans l'ancien et le nouveau monde et subsistent encore de nos jours.

TABLE DES MATIÈRES

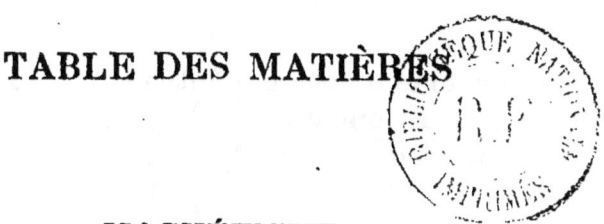

MAGNÉTISME

SOMNAMBULISME

HYPNOTISME

TÉLÉPATHIE

DIVINATION

SPIRITISME

MAYENNE, IMPRIMERIE CHARLES COLIN